O AMOR QUE SINTO AGORA

LEILA FERREIRA

O AMOR QUE SINTO AGORA

romance

🜨 Planeta

Copyright © Leila Ferreira, 2018
Copyright © Editora Planeta do Brasil, 2018
Todos os direitos reservados.

Preparação: Sandra Espilotro
Revisão: Andressa Veronesi e Eliana Rocha
Diagramação: A2
Capa: A2/Mika Matsuzake
Imagem de capa: Andrea Rocco
Ilustrações de miolo: Andrea Rocco

Dados Internacionais de Catalogação na Publicação (CIP)
Angélica Ilacqua CRB-8/7057

Ferreira, Leila
 O amor que sinto agora / Leila Ferreira. – São Paulo : Planeta do Brasil, 2018.
 256 p.

ISBN: 978-85-422-1124-5

1. Literatura brasileira 2. Mãe e filhas I. Título

18-0329   CDD B869

2018
Todos os direitos desta edição reservados à
EDITORA PLANETA DO BRASIL LTDA.
Rua Padre João Manuel, 100 – 21º andar
Ed. Horsa II – Cerqueira César
01411-000 – São Paulo-SP
www.planetadelivros.com.br
atendimento@editoraplaneta.com.br

Para meus irmãos

Cerâmica
Os cacos da vida, colados,
formam uma estranha xícara.
Sem uso, ela nos espia
do aparador.
CARLOS DRUMMOND DE ANDRADE

Prefácio

Fazia tempo que um livro não me atravessava desse jeito. Ele me fez respirar com dificuldade, me deixou acanhada por estar espiando tão de perto a dor alheia e me comoveu com a potência das emoções que estão ali em jogo. Sentimentos duros e ferozes num relato doce e feminino – uma ambiguidade que só os grandes escritores sabem manejar.

O livro é narrado por Ana, uma mulher madura que finalmente abre a carta que sua mãe deixou para ser lida depois que morresse. Após o atordoamento, Ana se sente desafiada a respondê-la, como se não houvesse ausência entre as duas, nem distância no tempo. Tudo o que Ana passou, sofreu, silenciou e descobriu, da infância até os dias atuais, é relatado com uma verdade dilacerante. A personagem reconstrói sua vida através da memória e nos convida a entrar num universo tão particular e íntimo que não há como não se sentir honrado por ela ter nos dado essa permissão.

Ela quem?

Leila Ferreira é a autora por trás da história e à frente da história, a maestrina dessa orquestração literária. Com mão firme e corajosa, ela investiga a fundo as renúncias à felicidade que somos capazes de fazer por aqueles que amamos – que mãe e filha não reconhecem esse enredo? Porém, ninguém pode sofrer no lugar do outro, amar no lugar do outro. Viver é uma jornada solitária. Não por acaso, a personagem inclui, entre suas lembranças, uma peregrinação afetiva que fez sozinha pelo México, Egito e França, arrematando o livro com a certeza de que o longe e o perto dialogam constantemente durante nossa existência.

O amor que sinto agora é nervo exposto e coração na mão. A transformação de uma menina em mulher, e as consequências dessa viagem sem volta. Um livraço.

Martha Medeiros

Mãe,

Acabo de ler a carta que você escreveu para que eu abrisse depois de sua morte. Só hoje tive coragem. Só agora, mais de quatro anos depois daquele 15 de agosto em que eu descobri que é possível parar de respirar de tanta dor e, ainda assim, continuar viva – só agora meus dedos conseguiram percorrer a distância que os separava daquele envelope pardo. E foi como se você tivesse voltado. Ouvi, mais do que li, suas palavras, e tive vontade de ir até a cozinha fazer um café daqueles que tomávamos juntas, cada movimento da xícara servindo de vírgula, reticências, ponto de interrogação, ponto final. Exclamação, para você, jamais. Você nunca foi de exclamar. Era eu a exagerada, a rainha do drama e dos expletivos. O fato é que você, na sua contenção, e eu, nos meus transbordamentos, precisávamos do café para nos pontuar. E cheguei a me levantar agora para buscar nossas xícaras, mas, antes de completar o movimento, meu corpo entendeu que, apesar de estar ali comigo, você não tinha voltado. Fiquei órfã mais uma vez.

E a única saída, mãe, é te escrever. Porque agora que ouvi sua voz, cada palavra me dilacerando e abrindo as janelas do cômodo trancado onde guardei a dor de te perder, agora temos que retomar nosso diálogo de vida inteira. Quantos substantivos engoli ao longo destes quatro anos – porque só você os entenderia. Eles eram seus. Quantas frases condenei ao silêncio e arquivei no cômodo da dor – porque eram suas.

Agora vejo a chance de voltar a ser filha, de desenterrar o léxico do nosso afeto e devolver a cada sílaba e a cada sentimento o direito de existir. Eu me encarrego de garantir o estoque de envelopes pardos para guardar nossas conversas. E prometo que vou chorar pouco. Não quero desperdiçar nosso tempo com lamúrias – o que não quer dizer que a gente vá falar só de alegrias. Afinal, nunca foi o nosso forte. Mas quero te contar que fui ao Egito, de onde veio seu pai. À França, onde derramei lágrimas e mais lágrimas no túmulo da escritora que você amava. Voltei ao México, onde compartilhamos um terremoto e dois natais, para me tratar com curandeiros. E sempre, sempre, me lembrando de você.

Minha depressão? Minhas crises de pânico? Vão bem e mandam lembranças. Meu casamento? Acabou. E vou ter que escrever uma carta longuíssima para você entender que não acabei junto. Ao contrário, nunca me senti tão acompanhada e inteira.

No cômodo da dor guardei histórias que você nem imagina (e vai conhecer agora). E sepultei (com direito a exumação) os sofrimentos desta linhagem de mulheres que não conheceram o amor: minha bisavó Olinta, minha avó Tereza e... você. Viu que não me incluí? É porque ainda tenho algo que, infelizmente, vocês já perderam: o futuro. Dou a ele o benefício da dúvida – é o mínimo que ele merece. E no fundo acredito que estou pronta para viver o amor, a paixão, o desejo..., qualquer sentimento dessa família será bem-vindo, pela primeira vez – sempre lembrando que deixei de ser jovem há séculos.

Sua filha,
Ana.

Mãe,

Releio sua carta para começar nossa conversa. E paro numa frase que resume tudo, ou quase tudo, que vivemos. Você diz: "Sempre me contentei com o essencial, mas para você eu quis também o supérfluo". De fato, você sempre pediu pouco à vida – e ela fez questão de te atender. O bastante bastava, e o que para você era o bastante se avizinhava da falta. Lembro-me do seu guarda-roupa com meia dúzia de vestidos chemisier, feitos pela prima costureira. Seus dois ou três pares de sapatos. Um par de brincos (um, apenas), uma bolsa, um pote de creme Pond's no armarinho do banheiro, um batom, duas ou três camisolas. Quando desmanchei sua casa (com certeza o dia mais triste da minha vida), eu me espantei ao ver que seus objetos pessoais cabiam num pequeno guarda-roupa, nas quatro gavetas da penteadeira herdada da sua mãe Tereza e em duas malas antigas, esquecidas debaixo da cama. O essencial bastando até o fim.

Comigo foi sempre diferente. Quando eu era criança, você sofria por não poder me dar brinquedos caros, refeições generosas e um quarto em que o vento implacável dos meses de inverno não entrasse pelas janelas. Na adolescência, fazia milagres para eu me vestir como minhas amigas – e se desculpava repetidamente por eu não ter o mesmo padrão de vida delas. Mas os chamados bens materiais eram só uma parte da nossa história. Porque o que você sempre quis que eu tivesse mesmo foi a felicidade que você não teve. O pai que agisse como pai, o marido que se comportasse como marido, e uma casa onde não houvesse tanta loucura e tanto sofrimento.

Só que a vida se encarregou de rasgar seu script. O pai que tentou me violentar foi só o começo (ou teria sido o fim?). E nós duas criamos uma coreografia insana, um pas de deux sem qualquer chance de dar certo. Eu fingia que estava bem, você decifrava meus movimentos sem alegria, e mais que nunca se esforçava para que eu fosse feliz. O que só aumentava minha infelicidade, porque eu não conseguia corresponder às suas expectativas, não via como retribuir seu esforço quase heroico, e me castigava por isso.

Quando eu tinha quinze anos, me lembro de em menos de três meses, e sem qualquer motivo aparente, ter emagrecido oito quilos. Você me levou ao médico e o diagnóstico foi: "Essa menina está emagrecendo de tristeza. Tem que nadar, fazer caminhadas, colocar essa tristeza para fora". Voltamos para casa em silêncio. A tristeza entrou comigo no quarto e juntas fechamos a porta. De lá, eu ouvia seu choro – o choro da mãe que tinha a certeza de haver errado e não sabia por onde começar a consertar o estrago. E eu chorava junto, por fazê-la sofrer.

Mas chega de lágrimas. O que nós duas já choramos nesta vida daria para resolver o problema da seca em boa parte do planeta. O fato é que você se culpa imensamente por ter projetado seus sonhos nos meus, por ter deixado claro, desde muito cedo, que sua felicidade dependia da minha. E pede perdão na carta por ter me sufocado, tentando impedir de todas as formas que eu sofresse. Ah, mãe, como eu entendo o que você fez... e agora choro (de novo!) pela menina que você foi. Uma infância que ninguém, muito menos você, merecia ter tido. Mas essa conversa a gente deixa para amanhã. Vou ali irrigar uma região desértica e já volto, para tentar dormir. As janelas que tenho hoje não deixam o vento lá de fora entrar. Mas quem disse que não existem outros ventos?

Sua filha.

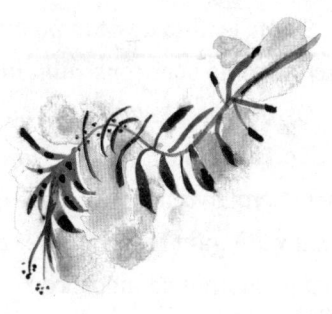

Mãe,

Eu ainda era adolescente quando, do nada, você me disse: "Seu avô apostava sua avó nas mesas de jogo". Foram essas as suas palavras – e nada me havia preparado para elas. Você tinha acabado de chegar do trabalho. A chuva que caía forte havia molhado sua roupa e seus sapatos, mas você apenas secou os braços com uma toalha, fez café em silêncio e, assim que nos sentamos no banco ao lado do fogão de lenha, começou a falar. Com uma serenidade espantosa, foi narrando o que eu ainda não sabia da sua infância e da vida inimaginável da minha avó Tereza – uma mulher que teve seis filhos de pais diferentes e só ficou com você.

Eu me lembro de cada palavra do seu relato. E até hoje não entendo como você conseguiu me contar essa história sem chorar. Os irmãos "dados" para outras famílias – uma do interior de São Paulo, outra do Rio, uma terceira de Goiás... E a cada irmão perdido que você citava (pronunciando de forma lenta e com doçura infinita o nome de cada um deles), eu apertava com mais força minhas mãos, como se fosse possível reter entre os dedos aquelas crianças que você não viu crescer e com quem nunca teve a chance de brincar. No seu olhar seco, a tristeza era tão grande que me obrigava a agir, a fazer qualquer coisa para tentar atenuá-la. Cortei um pedaço de queijo, que você comeu sem vontade. Pus mais café na sua xícara. Deixei o meu esfriar, incapaz de levá-lo à boca. E enquanto as lágrimas (sempre elas) escorriam, fui engolindo suas palavras impalatáveis, procurando entender as frases que, ao mesmo tempo, tentava não ouvir, não traduzir, não processar.

Quando a chuva parou, você foi se calando aos poucos, espaçando sua fala como se tivesse visto no silêncio repentino da natureza uma espécie de advertência. Eu tinha ouvido mais do que era capaz de ouvir. E você, certamente, tinha falado mais do que gostaria de falar. Ficamos as duas imóveis, contemplando as chamas do fogão, esquecidas das xícaras com café pela metade. E soubemos ali, naquela cozinha e naquele momento, que minha adolescência jamais seria a mesma. No final de uma tarde de chuva, olhando a lenha do fogão e seus sapatos molhados, descobri que precisava ser adulta. Ainda que não soubesse como, eu teria que proteger a mãe que estava ao meu lado.

Sua filha.

[A aposta]

Ele era comerciante. Tinha uma loja de produtos de caça e pesca herdada do pai, que morreu cedo, e surpreendeu a clientela e a família quando decidiu romper o noivado com uma moça de família tradicional para se casar com minha avó Tereza. Ela pertencia à categoria das mulheres com passado e, em Redenção, cidadezinha encravada entre montanhas no sul de Minas Gerais, moças "impuras" como ela não recebiam propostas de casamento. Mas Afonso, naquele entusiasmo da paixão que faz brotar generosidade onde jamais existiu, não só "perdoou" minha avó pelos romances anteriores como prometeu assumir sua filha. Emprestou seu sobrenome para a certidão de nascimento de minha mãe e para minha avó Tereza. Mas não demorou a exigir a contrapartida.

Saía todas as noites para jogar e, quando perdia, o vencedor da rodada já sabia em que porta bater para cobrar a dívida. Minha mãe, criança, ouvia quando os credores de Afonso chegavam de madrugada. Vozes desconhecidas gritavam por Tereza com impaciência – cada noite um homem. Passos desconhecidos atravessavam a sala iluminada pela luz vinda do poste, que entrava por um vitrô quebrado, e inevitavelmente tropeçavam na cadeira que ficava na ponta da mesa. Chutes, palavrões, depois o bater implacável da porta do quarto. Do outro lado da parede, minha mãe escutava o ranger eterno da cama, ouvia o silêncio submisso de sua mãe e se entregava ao próprio silêncio, feito de perplexidade e medo. Queria, mas temia, entender o que se passava no quarto ao lado. Nunca perguntou. Nunca ousou perguntar. Foi criada órfã de pai e de palavras.

Sabia que Afonso, seu pai no papel, não tinha com ela qualquer parentesco. Era mais um estranho na casa onde estranhos eram todos os homens. Mas era só o que sabia. Ali, na construção sem forro, com piso de cimento vermelho, pouco se conversava. Minha avó dosava as frases com o mesmo cuidado, com a mesma parcimônia que dispensava aos alimentos, sempre insuficientes. E minha mãe, Elisa, se acostumou a comer pouco e a não fazer perguntas. Aprendeu cedo a conviver com o cardápio escasso.

Quando Afonso deixou as duas, Tereza levou minha mãe à casa de um alfaiate egípcio chamado Latfalla e o apresentou como seu verdadeiro pai. Era o primeiro homem decente que Elisa conhecia e não foi difícil desenvolver por ele um sentimento de adoração. Latfalla ensinou minha mãe a tocar bandolim e a desenhar, contava histórias mágicas de seu país de origem, embrulhava em retalhos de tecido os pedaços de goiabada que passava amorosamente no queijo ralado para que ela levasse de lanche à escola, e perguntava sobre suas aulas e as horas passadas na casa que dividia com a mãe – uma casa onde os homens desconhecidos continuavam aparecendo.

Ainda que as apostas tivessem acabado, minha avó carregaria para sempre a marca da mulher apostada: merecia apenas os homens que não se deixavam conhecer. E os homens sem rosto faziam filhos. Minha mãe festejava em silêncio a chegada de cada irmão – e sofria quieta quando as crianças desapareciam, levadas por famílias "com condições para criá-las" (era o que ouvia minha avó dizer). O vazio deixado pelos irmãos ausentes a engolia. E nunca entendeu o que dava a outra família o direito de amputar a sua. De tomar para si o que deveria ser seu. As perguntas sem repostas eram muitas. E Elisa aprendeu a dependurá--las nos galhos da mangueira.

Mãe,

Eu me pergunto quantas vezes você viu minha avó apanhar do homem que a entregava como pagamento por suas dívidas de jogo. Quantas vezes tentou defendê-la daquele marido que não era marido, do pai que não era pai? E quantos homens vieram depois? Quantos filhos eles fizeram, quantas ausências deixaram? Quantas vezes você descobriu, na volta da escola, que o irmão que já amava com tanta intensidade tinha sido arrancado e levado para longe de você?

    Tento imaginar sua infância e não consigo. Pergunto quantos e quantas vezes, como se fosse possível precisar o imensurável. E sei que é inútil refazer as interrogações. Não há como encontrar as palavras certas. Diante do que você viveu, não existem indagações adequadas. Mesmo assim eu tento. Por que, não sei.

Mas vamos deixar as perguntas tristes por agora e tratar de coisas boas. Porque você precisa saber que o seu bisneto Gabriel, que não chegou a conhecer, e estava preocupando a família toda pela demora em aprender a falar, hoje pronunciou sua primeira palavra. E não foi mamãe, nem papai, nem vovô ou vovó. A primeira palavra completa que o Gabriel disse, mãe, foi "abacaxi". Tudo bem, é preciso admitir que ele eliminou o primeiro "a" e pronunciou o "x" como se fosse "s". Mas a palavra, dita de forma inequívoca, enquanto ele apontava para a fruta para não deixar nenhuma dúvida, foi mesmo abacaxi.

Sempre brincamos que nossa família era pouco convencional: seus filhos, seus netos, acho que ninguém aprendeu a ser "normal". A mais equilibrada sempre foi você. Nós temos uma tendência à excentricidade, às esquisitices. E aprendemos a rir disso, entre uma e outra sessão de terapia. Agora vem o Gabriel, com os olhos mais azuis que eu já vi, o cabelinho dourado voando com o vento, balbucia alguma coisa e, quando a gente se prepara para ouvir mamãe ou papai, ele nos desconcerta a todos pronunciando, alto e bom som, "abacaxi" (Freud diria que a escolha da palavra não foi aleatória).

Enfim, achei que gostaria de saber, porque você nunca viu muita graça nas pessoas (e nas crianças) certinhas. Você amaria seu mais novo bisneto. E também porque, depois de te entristecer com a lembrança dos irmãos que se foram, eu queria que você pensasse nessa criança que jamais será levada ou perdida. Porque a vida é feita de muitas histórias, mãe, nem todas tristes. Seu bisneto Gabriel vai brincar com os irmãos, crescer com eles, pronunciar uma infinidade de palavras para nosso absoluto deleite e – assim espero – jamais deixará de nos desconcertar e surpreender.

Sua filha.

Mãe,

Entre as muitas histórias que você me contou, há uma que recorrentemente me vem à cabeça. É a história do seu noivado – e do fim dele. Você queria um homem que fosse o contrário de todos os homens que haviam passado por sua casa. Um "homem bom", que cuidasse de você e da minha avó Tereza. Aos doze anos você havia descoberto que o único "homem bom" que conhecia, o alfaiate egípcio, no final das contas não era seu pai. E decidiu que um dia se casaria com alguém que se parecesse com ele.

Aos dezesseis anos um "homem bom" se apaixonou por você. "A coisa que eu mais queria na vida era ver sua avó feliz", você me disse. "E vi, pela primeira vez, no dia do meu noivado". Orlando, seu noivo, tinha chegado carregando um embrulho grande e, quando você abriu, encontrou um jogo de panelas feitas por ele. Ele tinha passado meses fabricando caçarolas, chaleira, frigideira... para a cozinha da casa que vocês teriam. E eu não consigo pensar em nada mais bonito, e mais precioso, do que esse presente, que só um homem muito especial, e muito apaixonado, seria capaz de dar a uma mulher – naquela época, claro. Panelas compradas seriam o mais banal – e o menos romântico – de todos os presentes. Mas panelas feitas por ele, amorosamente fabricadas, cada detalhe tomando a forma do carinho que ele certamente sentia por você... é desse presente que eu nunca me esqueço.

Mas aí, num piquenique da escola onde você estudava, nas vésperas de se formar, você conheceu outro homem – que viria a ser meu pai. O piquenique foi na fazenda da família dele e bastou vocês conversarem por alguns minutos para você sair dali sabendo duas coisas. A primeira: ele não era um "homem bom". A segunda: você se casaria com ele.

Fim do noivado. Lágrimas da minha avó, que já sabia de cor todo o roteiro que viria pela frente. E, enquanto você confirmava diariamente que havia se equivocado na escolha, seis filhos foram chegando. Cinco homens (bons) e eu. O alvo possível – a única mulher.

É, mãe... Acho que, se você tivesse imaginado o que viveríamos, teria ficado com Orlando, o homem decente. O noivo que se declarou com um jogo de panelas. E a propósito: que fim levaram elas?

[O pai]

Ele também era viciado em jogo. E assim como Afonso, marido da minha avó Tereza, acreditava na violência física para educar as mulheres. Desde muito cedo nos condenou ao medo. Um medo que se recusava a passar e do qual era impossível nos defendermos.

Fecho os olhos e sinto o cheiro do perfume que ele usava. Amadeirado, viscoso, capaz de impregnar nossas noites e nosso sono sobressaltado. Avisto seus pés de unhas grossas, calçados em chinelos que não se deixavam anunciar. Porque ele, meu pai, ficava atrás das portas escutando nossas conversas, emendando palavras para criar sentidos inexistentes e depois nos acusar. Aprendemos a conversar baixo e a usar a imaginação para mudar rapidamente de assunto quando ele chegava da rua – seus sapatos também eram silenciosos. E nos acostumamos a tratar só do que não pudesse ser usado contra nós quando suspeitávamos que ele nos ouvia, sempre escondido em algum canto ou protegido por alguma parede – enquanto para nós, seus filhos e sua mulher, não existia abrigo. Em nenhum lugar estávamos a salvo de sua loucura. Nenhuma parede nos escondia. Nenhuma porta nos isolava.

Minha mãe, professora de português, trabalhava de manhã, de tarde, à noite – e ele não trabalhava nunca. Conseguiu uma aposentadoria inexplicável aos trinta e poucos anos – e consumia cada centavo com as prostitutas e o jogo. Nunca comprou um quilo de arroz. Raríssimas vezes ele me deu um presente de Natal ou aniversário. E jamais vi minha mãe ou meus irmãos ganharem um agrado. Os irmãos que eu amava, amo, amarei sempre, eram os mais castigados. Tinham que trabalhar desde muito cedo, trazer dinheiro para casa, e com frequência dar dinheiro para o pai que escolhera não ter emprego.

As cenas de loucura se sucediam. Ele fazia minha mãe se ajoelhar e jurar que não o traía. "Filha de prostituta só pode ser prostituta!", gritava. E minha avó Tereza, que morava conosco, ouvia tudo do quarto onde passava seus dias e suas noites. Uma polineurite a mantinha na cama e os poucos passos que conseguia dar só aconteciam quando meu pai não estava em casa. Os dois jamais se encontravam. Ele a ofendia aos gritos. Ela o desprezava em silêncio.

E a grande, talvez a maior de todas as loucuras, é que eventualmente gostávamos dele – meus irmãos e eu. A inteligência, o senso de humor, a cultura, o gosto pelos livros, o talento para contar histórias – tudo isso que o tornava uma pessoa extremamente interessante para quem convivia com ele fora de casa nos ajudava a perdoá-lo, a amortecer os golpes que nos desferia, a encontrar nele "outro lado". Meus sentimentos por ele alternavam entre a raiva e o perdão, o temor e a condescendência, e essa oscilação me torturava. Queria aprender a só gostar ou a só temer, mas nunca consegui. Até o fim. Ou talvez fosse melhor dizer até os fins, no plural. Porque houve vários – nenhum deles definitivo. Onde a loucura se instala, o fim nem sempre é sinônimo de final. Há sempre a possibilidade (assustadora) do recomeço.

[O quarto da avó]

Alta, magra, traços de uma delicadeza que parecia esculpida, os cabelos sempre presos num coque cercado por prendedores de tartaruga e a postura ereta e serena, mesmo quando as dores a castigavam (primeiro veio a polineurite, depois o câncer). Durante muitos anos, seu quarto foi sua casa. Ali, naqueles poucos metros quadrados, recebia as visitas dos parentes, ouvia os programas da Rádio Nacional, conversava com os netos, e parecia se despedir lenta e resignadamente da vida. Nunca se queixava. Levantar a voz, jamais. Sua elegância triste me encantava, alimentava de histórias minha imaginação de criança. Quanto mais meu pai a ofendia, mais eu a amava.

Sua cama ficava perto de uma janela e até a luz que entrava era comedida. Um terço marrom pendia da cabeceira e ela às vezes o pegava com suavidade e ia deslizando suas contas entre os dedos, murmurando ave-marias que nunca acabavam, os olhos fixos na parede. O guarda-roupa era escuro. A penteadeira era escura. O cobertor, assim como o terço, era marrom. E os chinelos ao pé da cama eram cinza. Quando eu chegava da escola, tinha que deixar o dia ensolarado lá fora. Era preciso treinar meus olhos para entrar no quarto triste da avó Tereza. Até que deram a ela dois objetos que chegaram decididos a destoar da melancolia do ambiente. Uma espreguiçadeira de lona, com listras de cores vivas, que foi colocada ao lado da cama. E uma moringa de cerâmica no formato de porquinho, que passou a habitar o criado-mudo, onde ficavam os remédios.

Quando minha avó se acomodava na espreguiçadeira para aliviar as feridas do corpo, o colorido da lona fazia sumir sua palidez de doente. Ela fechava os olhos e eu imaginava, naquele momento, que estávamos as duas numa praia cheia de cadeiras como aquela. A espreguiçadeira trouxe para perto de nós o mar – que não conhecíamos –, o sol, o barulho das ondas e os risos das famílias felizes. Mas o que mais alegrava mesmo o espaço circunscrito onde convivíamos era o porquinho de cerâmica. Quando ele vertia água pelas narinas, não havia tristeza que resistisse. Minha avó sorria e o porquinho parecia sorrir junto. Encantada, eu propunha sempre: "Quer mais água, vó?".

A incongruência desses dois objetos dentro daquele universo sombrio me salvou muitas vezes – e tenho certeza de que não só a mim. Para minha mãe e meus irmãos, que também treinavam os olhos para deixar o sol lá fora, a insubordinação da cadeira e da moringa, sua recusa em compactuar com a tristeza dos cinzas e dos marrons, era um sinal da vida da qual minha avó ensaiava se despedir. Acho que, assim como nós, que a amávamos tanto, o porquinho e a espreguiçadeira sabiam que ainda não era hora. Não era e jamais seria.

Mãe,

Hoje comi um manjar branco maravilhoso – e claro, me lembrei de você, que fazia o manjar perfeito: pouca calda, muito coco... do jeito que eu amo. Também fazia uma canjica deliciosa, com muito amendoim. E um pavê de banana dos deuses. Mas... e você já sabe aonde vou chegar... parava por aí. Como ríamos, meus irmãos e eu, da sua falta de talento culinário. E você ria junto – autocrítica foi algo que você sempre teve.

    Sua pizza de sardinha, o agrado eventual dos domingos, nos deixava alimentados até a segunda-feira. A solidez da massa era algo inexplicável. A gente dizia que a massa mais fina, mais crocante, era melhor. Em vão. No domingo seguinte, indiferente aos nossos apelos, você apontava com a velha forma de alumínio nas mãos, a massa altíssima e branca, com as pobres das sardinhas tentando manter a dignidade em meio àquele excesso *injustificável de farinha de trigo. Comíamos para recompensar seu esforço, mas depois mergulhávamos num silêncio involuntário e contemplativo. A digestão lenta se somava ao agonizar melancólico dos domingos e a gente torcia para que o dia seguinte chegasse logo.*

Pois não é que hoje eu daria tudo para voltar àquelas tardes em Redenção e sentir o cheiro (sempre ameaçador) da sua pizza a caminho da mesa? Saudades da nossa casa, dos nossos talheres baratos, a toalha de mesa manchada e puída, a forma de alumínio com tantos anos de serviço, a caderneta do armazém em cima da cristaleira, a lata de goiabada Cica – ignorada depois da pizza.

Ah, mãe, saudades de tudo.
Saudades (acima de tudo) de você.

Mãe,

Prometo que vou falar de coisas boas. Juro que virão muitas cartas alegres. Mas antes delas tenho que conversar com você sobre duas passagens de nossas vidas que eu só classificaria de difíceis por falta de um adjetivo mais adequado. Tão difíceis que já tomei uma taça de vinho, ouvi Bach, Coldplay e Sia – para ver se a coragem vinha. Vou saber se ela veio do único jeito possível: escrevendo.

    Eu tinha dez ou onze anos quando você me chamou para uma conversa no quintal. As raízes da mangueira eram nossa sala de visitas, nosso divã, nossa sala de aulas, e foi lá que nos sentamos. Vi que a conversa seria de gente grande. Mas nunca, jamais, poderia imaginar o que você diria a seguir.

    Você não conseguiu olhar nos meus olhos. Sem me olhar, e ainda assim atravessando minha alma com precisão cirúrgica, você me pediu para não ficar de pijama nem de camisola perto do meu pai. Ele é doente, disse, não controla os impulsos. E você tem que evitar provocar esses impulsos dele, minha filha.

"Minha filha." Eu era sua filha. Mas nunca mais seria a filha do meu pai.

Levei alguns minutos (ou algumas vidas) para processar o alcance do que tinha acabado de ouvir. Ficamos mudas, as duas. Comecei a riscar o chão com um galhinho da mangueira, enquanto você olhava para o horizonte com olhos fixos, como se quisesse fugir para outro mundo, escapar daquele lugar e daquele momento.

Voltamos para dentro de casa com passos lentos. E nunca mais usei pijama ou camisola perto do meu pai.

Pai – a palavra que passou a doer.

Mãe,

Como eu gostaria de não ter que escrever esta carta. A mais difícil, e a mais essencial de todas.

Nunca conversamos sobre o que aconteceu. Mudamos nossas vidas em função do que se passou – e nunca conversamos sobre o que houve. Mas ainda é tempo. E talvez seja melhor assim. Melhor agora.

Foi numa tarde de janeiro. Você foi passar uns dias na casa de um dos filhos em Belo Horizonte e eu preferi ficar em Redenção. Estava com dezesseis anos e queria aproveitar o mês de férias escolares com as amigas. Miguel, meu namorado, estava viajando, e você queria me levar junto, mas acabou cedendo. Fiquei com meu pai (pai?). Naquele dia, eu tinha combinado de sair com uma amiga e fui tomar um banho de banheira. Você tinha conseguido reformar nossa casa a duríssimas penas e, naquele imóvel simples, a banheira era o luxo supremo. Estava me preparando para entrar no banho quando meu pai me deu um papel para ler. "Enquanto você espera a banheira encher", ele disse. Ele sempre me mostrava poemas e crônicas que escrevia e eu achei que era mais um, ou mais uma. Sentada na beirada da banheira, abri o papel. Era uma espécie de sanfona com várias ilustrações e minha primeira reação foi não acreditar no que eu estava vendo. E o que eu estava vendo era um show de horrores. Cenas pornográficas em desenhos toscos. Homens com mulheres, mulheres com animais, orgias... quanto mais eu abria o papel, mais chocantes ficavam as cenas. E eu pensava: não pode ser, meu pai se enganou. Achou que estava me entregando um dos seus escritos e me deu isto por engano. E agora? O que eu faço? Como é que eu vou sair deste banheiro? Como é que devolvo isto pra ele? Ele vai morrer de vergonha. Como é que um homem de mais de cinquenta anos, pai de seis filhos, pode olhar e carregar uma coisa dessas?

Nunca, nem por um momento, passou pela minha cabeça que tinha sido proposital, que aquele papel era exatamente o que ele queria que eu visse. Porque, apesar do que você me disse aquele dia debaixo da mangueira, meu pai nunca tinha se comportado como um "homem doente" comigo. Esquecida do banho, esvaziei a banheira e saí tremendo de vergonha e de nojo por tudo que eu tinha visto. Imaginei o quanto ele se desculparia comigo. Mas não. Ele estava recostado em sua cama, com um sorriso estranho, desconhecido, e me perguntou: De qual desenho você gostou mais? O meu preferido é o da mulher com o cavalo. E o seu? Pode dizer.

Dizer o quê naquela hora, mãe? Sentir o quê? Fazer o quê? Não sei bem o que aconteceu em seguida. Só me lembro de gritar que ele não era meu pai, que ele era um monstro, que nunca mais me chamasse de filha. E ele continuava ali, com aquele sorriso infernal, enquanto eu me despedaçava por dentro. Saí correndo, pedi ao meu irmão para ficar na casa dele e implorei para que não te contasse nada. Você não poderia saber nunca. Mas te contaram. E nossas vidas nunca mais foram as mesmas.

Durante um ano, fiquei com vocês dois naquela casa. Vocês não se falavam e você o vigiava para que ele não se aproximasse de mim. Meu pai, que deveria me proteger, passou a ser a ameaça maior, o inimigo.

Mudei o estilo de me vestir. Deixei de usar vestidos. E pensava sem parar: o que foi que eu fiz? Minha mãe tinha me avisado. Eu não poderia provocá-lo porque ele era doente. Sua irmã tinha abandonado a família quando era jovem por causa dele. A história não poderia se repetir. Eu deveria ter impedido que isso acontecesse. Mas eu não soube. Não consegui.

Um ano depois peguei um ônibus e me mudei para São Paulo. Você chorando, enchendo minha mala de doces, eu sem saber aonde iria morar e com que dinheiro pagaria meus estudos – mas precisava fugir. Era fugir ou enlouquecer. Você ficou e quase enlouqueceu. Não parava de vomitar. Perdeu vários quilos. Até que se separou dele e veio morar comigo em São Paulo. Deixou a mangueira, os alunos que amava, e nunca, nunca falamos sobre o que houve.

Até hoje mãe. Até agora.
Você concorda comigo que era preciso?

Sua filha, sempre.

[A banheira]

Ela era rosa – um tom de rosa desbotado, quase triste. Entrei no banheiro devagar, abri as torneiras e deixei a água correr até chegar perto da borda. Era a primeira vez, depois do que houve, que eu tentava tomar um banho de banheira. Mergulhei as mãos, senti a temperatura várias vezes (na tentativa de ganhar tempo), ajustei o piso de borracha no chão, coloquei a toalha perto. E quando finalmente me afastei para tirar a roupa, olhei para aquele rosa banhado pela luz de final de tarde e enxerguei com nitidez impressionante uma cena que havia assombrado minha infância: o velório de uma criança.

A menina era filha de vizinhos recém-chegados à nossa rua. De manhã ouvimos os gritos, o choro, e mais tarde fomos até a casa dela – a sala onde ela estava sendo velada. "Coitadinha da anjinha", diziam todos. "A que horas vai ser o enterro da anjinha?", alguns perguntavam. Segurei com força no braço da minha mãe e ela me mandou esperar lá fora. Mas meus pés não se moviam. E meus olhos passearam desconcertados pelo caixãozinho forrado de tecido rosa, enfeitado com flores do mesmo tom. Lá dentro, cercada pela cor que lembrava festa, a menina de tranças grossas dormia um sono estranho – triste e definitivo. Foi dela que eu me lembrei quando estava para entrar no banho. E os rosas se misturaram: o da banheira e o do caixão enfeitado de flores. Eu me senti inerte como a menina que virou anjo. E tive vontade de dormir como ela. Um sono sem garantia de volta. Mas lá fora alguém gritou. Acho que o jardineiro da pracinha, que sempre ia tomar café na nossa casa. Sua voz fez a cena se dissipar, apagou o rosa do passado – e o do presente. Deixei a água represada na banheira ir embora. Me abriguei na segurança do chuveiro. E, depois de ficar ali durante minutos, ou horas, sentindo a água bater com suavidade no meu corpo adolescente, entendi que o que meu pai havia matado naquele dia tinha sido minha inocência. Apenas minha inocência. Eu continuava viva, e iria aprender a me defender de todos os medos, viessem eles de onde viessem. Para isso, era preciso estar desperta.

Mãe,

Enquanto te escrevo, folheio o caderno que você me entregou há anos, dizendo que eu não precisava ler o que estava nele: queria apenas que eu o guardasse. Vejo o título na primeira página: Dentro do vazio, e me lembro de você explicando que se tratava de sua história de vida, narrada como se fosse um romance – os nomes das pessoas e dos lugares tinham sido modificados, mas os acontecimentos eram todos reais.

    Levei muito tempo até ter coragem de ler o que estava escrito: a delicadeza de sua caligrafia perfeita – letras miúdas, quase bordadas – falando de coisas tão pesadas, tão absurdamente tristes. Quando acabei, guardei o caderno num lugar onde eu não o avistasse. Estava determinada a nunca mais abri-lo. Mas agora, ao começar nossas cartas, senti que ele poderia diminuir o silêncio de sua voz – não me acostumarei nunca com esse silêncio. E o trouxe de volta, para perto de mim. A carta que você deixou e seu caderno: tenho que me consolar com eles.

[As botinas da bisavó]

"Preciso buscar o ontem para encontrar os porquês." A frase escrita por minha mãe na primeira página do caderno mostra que, assim como faço agora, ela se deslocou até o passado na tentativa de dotar o presente de sentido. Mas, enquanto faço esta viagem em forma de conversa, ela viveu a solidão de escrever para si mesma. Leio sem pressa sua letra bordada, na esperança de que se sinta menos só agora. Vou e volto nas páginas pautadas. Copio frases. E mais uma vez me espanto ao reler as histórias, entre elas, a de Olinta, sua avó materna.

Olinta tinha doze anos quando se casou em troca de um par de sapatos. Seu sonho era ter as botinas enfeitadas com fivelas usadas naquela época. "Ela dormia e acordava falando nas botinas", escreve minha mãe. Até que um fazendeiro com idade para ser seu avô, sabendo da história, chegou à casa dos pais dela com uma caixa de sapatos debaixo do braço, pediu a mão da menina em casamento e poucos dias depois ela se mudou com ele para a fazenda.

Ainda garota virou empregada do marido: lavava suas roupas sujas de terra, limpava a casa, cozinhava e, quando desagradava o fazendeiro, apanhava. À noite tinha que servi-lo, um verbo que aprendeu a traduzir com exatidão no corpo miúdo. E sua única companhia era a boneca de pano que tinha ganhado da mãe. Sempre que podia, minha bisavó-menina se embrenhava com ela nos cafezais para brincar. Até que um dia, na volta de uma dessas incursões, encontrou o marido na cama com a mulher de um dos empregados da fazenda. Abraçada com as botinas e a boneca, fugiu em direção à estrada que a trouxera da cidade – o único caminho que poderia levá-la de volta à infância. Mas meu bisavô logo a alcançou. À noite, depois de apanhar com um cinto de couro e fivela, Olinta se deitou mais uma vez no colchão de capim para cumprir suas tarefas. Nunca mais tentou fugir. E passou da infância para a idade adulta sem conhecer a adolescência.

Mãe,

Tudo indica que começou com minha bisavó Olinta a linhagem de mulheres infelizes que conhecemos tão bem. Porque depois viria minha avó Tereza, e viria você, e em seguida eu – até agora. Porque, por mais improvável que pareça, estou desembarcando desse trem em movimento. Você deve estar pensando: ela já tentou outras vezes. Concordo. Mas agora é diferente.

O fato é que, na minha adolescência, você me contou (mais de uma vez) que estava se separando do meu pai quando descobriu que estava grávida de seu sexto filho. Tinham sido anos até encontrar a coragem para romper com ele, mas, com a descoberta da gravidez, você decidiu esperar até o parto: se nascesse um menino, você manteria a decisão de ir embora, mas, se fosse menina, continuaria casada para que sua filha não passasse pelo que você passou. Ela, sim, teria um pai.

Pois é, mãe. Cheguei ao mundo com uma dívida imensa – e nunca consegui me livrar desse peso. Desde que você me contou essa história pela primeira vez, não houve um dia em que eu não me sentisse culpada pela sua infelicidade. Cada briga, cada ato de violência, cada cena de loucura eram acompanhados pela mesma e implacável constatação: nada disso estaria acontecendo se eu não estivesse aqui. Você dizia que eu era o maior presente que a vida tinha te dado. E eu sempre me perguntava: que presente é esse que condena uma família ao sofrimento? Sim, porque não era só você: havia meus irmãos. Eles também viviam o inferno da violência, da falta de dinheiro, das surras, das cenas inacreditáveis de ciúmes – e se cansaram de te pedir que se separasse do nosso pai. Mas, por minha causa, você ficou.

Nunca vou me esquecer da noite de ano-novo em que meu pai tentou se matar. Você tinha passado o dia dizendo que há muito tempo não se sentia tão feliz. Os quatro filhos que moravam fora tinham chegado e estávamos todos reunidos. Pela primeira vez, jantaríamos juntos no 31 de dezembro – nós, que nunca havíamos comemorado em família as festas de final de ano. A possibilidade de realizar o desejo antigo parecia haver nos apanhado de surpresa: estávamos todos desajeitadamente eufóricos, sem saber exatamente como nos comportar. E disfarçávamos o constrangimento rindo muito e falando alto, comportamento raro em nossa família. Mas meu pai saiu no início da noite (como sempre, sem dizer para onde ia): era o que mais queríamos, ainda que nenhum de nós manifestasse em voz alta essa vontade. E sem ele ficou tudo mais fácil. A noite teve música, conversa, mesa farta, presentes, você sorrindo o tempo todo, e nós todos ainda sem acreditar na alegria daqueles momentos. Havíamos encontrado o tom: já não estávamos constrangidos. E fomos dormir bem depois da meia-noite – mais do que longo, o dia tinha sido intenso. Mas nosso sono durou pouco. Quando o telefone tocou, com aquela estridência com que os telefones tocam de madrugada, meu irmão correu para atender e fomos chegando à sala aos poucos, tentando entender o que se passava. Quando desligou, ele disse devagar, como se estivesse primeiro se acostumando com cada frase: "O papai tentou se matar. Tomou vários comprimidos, na casa da tia Ieda. Está no hospital, em estado grave. A gente tem que ir pra lá".

Sofremos juntos, enquanto ele estava em coma. Descobrimos, desconcertados, que não queríamos que ele morresse. Sentimos pena, tristeza, a falta antecipada, e você pedia que rezássemos para que ele sobrevivesse. De onde vinha aquele nosso amor por um homem que nos maltratava? Porque não havia dúvidas: existia amor, alguma espécie de amor, que chegara à superfície naquela quase-morte. Um amor que desconhecíamos. Mas aí ele voltou do coma, mãe, e você se lembra da frase inacreditável que ele pronunciou? "Eu nunca pensei que fosse passar mal assim": foi com essas palavras que meu pai revelou que tinha feito algo calculado, mais uma vez, para nos ferir. Quis estragar nossa alegria de final de ano. Quis impedir que tivéssemos uma festa como as das outras famílias. Quis que fôssemos, mais uma vez, só o que ele permitia que fôssemos – e quase conseguiu. Digo "quase" porque, durante aquelas horas que precederam o telefonema, nós fomos uma família feliz, celebrando o estar juntos e completos, mesmo sem um pai.

Poucos dias depois do 31 de dezembro, meus irmãos fizeram as malas em silêncio e se despediram, sem dizer quando voltariam. E nós recebemos em casa o homem que nem numa noite de ano-novo conseguiu nos amar. O homem que quase morreu por um erro de cálculo ao ingerir os comprimidos – e nem assim aprenderia a ser marido e pai. Se não fosse pela filha que você quis proteger, mãe, ele já não faria parte de sua vida naquele momento, e o encontro teria sido alegre até o final.

Mais uma vez tive a certeza de que você e meus irmãos estariam melhor sem mim. E, mais uma vez, me senti endividada. Eu teria que ser uma filha perfeita para retribuir seu sacrifício. Uma irmã perfeita para compensar o sofrimento dos meus irmãos. Logo eu, que nem imperfeita estava conseguindo existir. Mas, ainda que não soubesse como, eu estava determinada a tentar.

Mãe,

Naquele ano que terminou com a quase-morte do meu pai, eu comecei a namorar o Miguel porque achei que gostava dele – e continuei porque vi o quanto o namoro te alegrava. Aos dezoito anos, ele já era um "homem bom". E, enquanto eu tentava entender o que sentia por ele, que era meu primeiro namorado, você me dizia o quanto estava feliz por nos ver juntos. Não podia imaginar, claro, o quanto sua felicidade me impedia de sentir com clareza, de decidir, de recuar.

Eu via minhas amigas suspirando pelos namorados, descrevendo de forma apaixonada os primeiros beijos, e sabia que meu namoro com o Miguel era algo diferente. Ele queria estar comigo o tempo todo – e eu dosava os encontros, me beijava – e eu não sentia o que minhas amigas relatavam. Meu corpo se recusava a responder e eu pensava: a culpa é minha. Tenho medo de sexo. Sou diferente das minhas amigas. Não consigo sentir nada. Minha culpa. E ele é tão bom, gosta tanto de mim, o que mais eu quero? Minha máxima culpa. Se eu insistisse, iria aprender a gostar: dele, do namoro, dos carinhos insistentes, dos beijos, do sexo. E você, mãe, merecia que eu aprendesse, porque merecia ser feliz.

Mas aí apareceu a chance de uma viagem para Santos, numa excursão do colégio, e eu conheci na praia um estudante de Medicina que me apresentou para tudo o que eu nunca havia sentido. Paixão, descontrole, a vontade de nunca mais me separar dele, de termos um futuro juntos... Foi um amor de vida inteira que durou quatro dias. Voltei para Redenção chorando, por me separar dele, e por saber o quanto o Miguel sofreria – porque eu teria que terminar o namoro com ele, isso era claro. E não pensei em você naquela hora. Estava completamente apaixonada, e os apaixonados, quando conseguem pensar, nunca pensam por completo. Você sabe disso. Viveu a mesma coisa quando conheceu meu pai. E, quando o conheceu, estava noiva de um homem bom como Miguel, e ia se casar com ele, mas numa excursão do colégio, do mesmo colégio onde eu estudava... Preciso terminar? Ah, mãe, a vida adora uma ironia.

Miguel sofreu, como eu previa, mas aceitou, também como eu previa. Quanto a você, eu nunca imaginei sua reação, e ela acabou comigo. Você ficou dias sem me dirigir a palavra, sem me olhar. E eu queria, eu precisava ser vista por você. Eu precisava que você me entendesse e me enxergasse. Viva, como eu estava; apaixonada, como nunca estivera. Queria que se alegrasse comigo porque eu tinha descoberto que era capaz de gostar e de sentir. Na casa onde loucura e sofrimento nos asfixiavam, eu tinha aberto uma janela para respirarmos juntas. Tinha trazido normalidade e alegria. Mas você preferiu o ar rarefeito de um namoro que já nascera errado. E eu, que não me esquecia nem por um segundo de nossa contabilidade (minha dívida com você só crescia), aceitei.

Menos de um mês depois da volta da excursão, escrevi uma carta rompendo com o estudante de Santos, pedi perdão ao Miguel e a você pelo meu comportamento, e entendi que, se quisesse contar com o seu amor e acima de tudo te ver feliz, eu teria que ficar com o "homem bom" que estava ali ao meu lado. Alguém que eu queria apenas como amigo, por quem eu nunca perderia o controle, que não me despertava o menor desejo. Talvez fosse melhor assim. Na casa onde a palavra "prostituta" era gritada todos os dias, e onde a filha não podia usar camisola perto do pai "doente", sentir desejo era andar vendada em direção ao abismo – brincar com o mais perigoso de todos os fogos, que é o que se carrega dentro de si. Eu sabia, ainda que ninguém dissesse – e ninguém dizia porque não era preciso.

[Miguel]

Doce Miguel. Quando vi seus olhos de um castanho transparente, me olhando sem qualquer subterfúgio, soube que, de alguma forma, nossas vidas se juntariam. Não imaginei como nem por quanto tempo. Mas tive certeza de que aquele olhar cor de terra (de um marrom intenso e surpreendentemente translúcido) enxergaria por mim. Entreguei a ele meus passos cheios de medo e deixei que me levasse. Não quis saber aonde iríamos.

Quando nos sentávamos no sofá da sala para namorar – com a artificialidade do roteiro pronto dos namoros de então amarrando nossos gestos – só a imensidão do nosso carinho um pelo outro nos impedia de naufragar. A timidez, as mãos desajeitadas, o riso nervoso, ele contendo o desejo, eu tentando sentir... O sofá era a sala de aula onde fazíamos o dever de casa ditado por um professor invisível. Mas depois falávamos de livros, nossa paixão comum. Do nosso futuro em São Paulo, nosso sonho. Ele tocava violão – e eu tentava, em vão, aprender. Tocava piano – e ele seguia meus dedos, imitando os movimentos com uma inabilidade espantosa, e a gente ria. Éramos amigos naquela hora. Seríamos amigos sempre. Enquanto nos emocionávamos ouvindo os Rolling Stones cantar "Ruby Tuesday", ou nos divertíamos ensaiando coreografias improváveis na sala de casa, um pacto se firmava sem que qualquer palavra fosse dita. Não nos separaríamos nunca.

Quando voltei da excursão a Santos, soube que isso não bastava. Tive certeza de que queria mais, muito mais do que isso. Mas fechei os olhos com força (uma criança com medo de ver) e continuei namorando meu melhor amigo.

Miguel se mudou para São Paulo antes de mim. Passou no vestibular de Antropologia, foi morar numa república de estudantes e trocávamos cartas cheias de frases não ditas. Um tempo depois, foi minha vez de fazer as malas, de passar no vestibular de Jornalismo. E minha mãe, que nunca havia pensado em se mudar, deixou Redenção para ficar longe do meu pai. Chegou a São Paulo um ano depois de mim, com uma tristeza tão grande e tão profunda nos olhos, e um desamparo tão intenso e visível, que não tive escolha: a partir dali, eu teria que ser sua mãe. Aprenderia a protegê-la. A suprir a falta de todos que ela havia deixado para trás. Seria sua família, seus amigos, seus alunos, sua casa, sua mangueira de raízes altas, as montanhas de Redenção que contemplava nos momentos de angústia, a rua onde havia nascido e onde nasceram seus filhos. Eu seria muitas.

Acobertei meus medos para dissipar os de minha mãe. Pintei nossas camas de branco para disfarçar a escuridão do apartamento onde vivíamos. E cada vez que ela chorava de saudades da cidade, da casa, do colégio, do mundo que havia perdido, eu me cobrava duplamente: por ter sido a menina que nasceu para interromper seus planos de se separar, e a adolescente que desencadeou o instinto do pai "doente", do qual ela tivera que se afastar – deixando tudo o que amava para trás.

Fui a melhor aluna do curso. Consegui um bom emprego. Mas a maior compensação que eu poderia dar à minha mãe era ficar com o Miguel. E eu fiquei, sem pensar no quanto estava sendo injusta com ele. Porque meu amor encolhido, mirrado, amor de amiga posando de amor romântico, era infinitamente menor do que o sentimento que ele esperava e merecia. Para pagar parte da dívida que eu tinha com minha mãe, contraí outra – gigantesca – com Miguel. Sem amá-lo e sem desejá-lo, acabei me casando com ele.

Mãe,

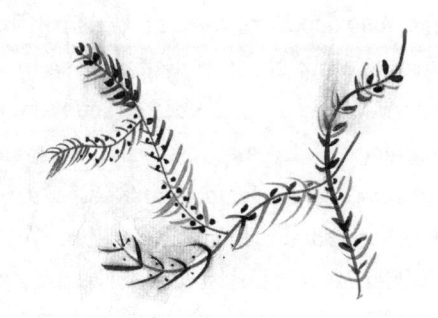

Eu nunca quis me casar. Igreja, cartório, vestido de noiva, bolo, padrinhos... nunca sonhei com nada disso. Quando eu tinha treze anos, escrevi no meu diário que jamais me casaria, uma afirmação pouco comum para uma adolescente que estudava em colégio de freiras, no interior de Minas. Naquela época, eu ainda gostava de bonecas. Não brincava mais, mas gostava da companhia delas, e havia uma de porcelana que era minha preferida. Ficava sempre ao meu lado quando eu estava estudando, e eu adorava pentear seus cabelos longos e loiros (tão diferentes dos meus) e ajeitar suas meias que insistiam em sumir dentro dos sapatinhos. É claro que você não vai se lembrar do nome dela – e eu entendo. Afinal, ela se chamava Anita Ekberg. Culpa de seus filhos, mãe, todos apaixonados por cinema.

Por sugestão deles, eu tive uma Elizabeth Taylor, uma Brigitte Bardot e uma Gina Lollobrigida, mas quem me acompanhou até a mudança para São Paulo foi a Anita Ekberg, que ganhei logo depois de um dos meus irmãos ter assistido La Dolce Vita (e, compreensivelmente, ter se apaixonado pela atriz sueca). Até hoje eu me lembro de seu rosto rosado, o vestido de saia rodada, os braços cobertos por um casaquinho. Lembro-me do barulho que ela fazia quando eu a deixava cair – e eu sempre me desculpava com ela.

Não sei que fim levou minha Anita (tão pouco Ekberg) e nem sei por que me lembrei dela agora. Talvez por falar do meu diário – ela me via escrever todas as noites. Ou por constatar que, numa fase da minha vida em que as bonecas ainda estavam em cena, eu já encarava o casamento com desconfiança. Eu compartilhei com o Miguel, assim que começamos a namorar, esse ceticismo precoce, essa suspeita de que a doce vida dos casais só era possível na ficção. Mas ele não me levou a sério. Desconhecia nossas histórias inauguradas pela bisavó Olinta. Não sabia da minha avó apostada, nem dos tapas que marcavam seu corpo, mãe, nem das instruções que recebi na infância de como conviver com meu pai "doente".

Filho caçula de um farmacêutico e uma dona de casa, Miguel fora criado com poucos sobressaltos e pouquíssimos traumas, e subestimou minha falta de vocação para o amor de véu e grinalda. Fez de tudo para me contaminar com seu otimismo incansável. E eu (foi meu o erro maior) fingi que me deixava convencer. Fingi para mim mesma. Comecei a achar que meu pouco, meu parco, amor por ele bastaria para sermos felizes juntos. Para revertermos uma narrativa familiar de casamentos fracassados. E fui em frente, mãe. Entrei na igreja sentindo um peso tão grande na alma que a sensação era a de que eu não conseguiria andar até o altar. Eu me apoiei na sua felicidade – tão palpável e tão rara, e na alegria luminosa dos olhos castanhos do Miguel. Na vontade de que tudo desse certo. E saí dali decidida a "fazer a *minha parte"*. *Fazer a minha parte, mãe: algum casamento que começa com essa decisão tão burocrática e tão pouco romântica pode dar certo? Não, eu descobriria logo. Mas pode durar. Uma eternidade, às vezes.*

[O casamento]

Ele, antropólogo e professor universitário. Eu, repórter de jornal, depois editora de uma revista feminina. Juntos, queríamos mudar o mundo. Mas tropeçávamos nos obstáculos de nossa missão mais imediata – que era transformar as duas pessoas que éramos em um casal. Misturamos nossas roupas nos armários e nas gavetas. Repartimos a estante de livros e o armarinho do banheiro. E enchemos de plantas e gravuras os setenta metros quadrados do nosso apartamento, para criar um lar. (Lar: conceito escorregadio para mim. Mas Miguel entendia do assunto e, mais uma vez, me deixei levar).

Eu fazia bolos todo final de semana. Herdeira da incompetência culinária da minha mãe, eles eram a única coisa que eu não punha a perder na cozinha. O cheiro do bolo de banana, mais as avencas, as almofadas, os quadros nas paredes – tudo isso se juntava ao nosso esforço para compor um ambiente que pudesse ser traduzido como: "Aqui vive um casal feliz". Cada um "fazendo a sua parte". A avenca se esforçando para ser avenca, o bolo se esforçando para ser bolo, o Miguel se esforçando para me convencer de que a vida de casados era boa e eu me esforçando para esquecer que estava casada. Para não entrar em pânico e sair correndo. Para não me lembrar do que senti com o moço de Santos. Para não chorar até não ter mais lágrimas.

A obstinada incapacidade de sentir prazer com o sexo. A melancólica constatação, a cada manhã, de estar abraçada ao corpo errado. O automatismo dos gestos. As frases ocas, as palavras vazias, a certeza de estar na embarcação errada – e de não ter como sair dela. Nos primeiros tempos do nosso casamento, cada momento vivido era um exercício de inadequação. Cada dia que passava me lembrava dos milhares de outros que, como aquele, estavam por vir. E uma raiva imensa de mim mesma começou a tomar forma: afinal, o que é que eu queria? Que insatisfação descabida era aquela?

Miguel chegava da universidade com o sorriso que eu amava, o olhar transparente que me enternecia, a conversa inteligente e o senso de humor que me encantavam, e eu pensava: ele é tudo que eu quero. Então por que é que eu não o quero? Por que é que meu amor por ele acaba no meio do caminho?

A incompletude de tudo. A temperatura morna de tudo. O desejo atrofiado. A paixão que não chegou a nascer. Doce Miguel, que tantas mulheres cobiçavam. Tantas mulheres queriam. E eu ali, do seu lado, ocupando um lugar que nunca deveria ter sido meu. Porque, mais do que não merecer um "homem bom", talvez eu não quisesse um "homem bom". Talvez eu fosse capaz de me sentir atraída só pelos homens errados, os homens proibidos. E a constatação dessa possibilidade me deixava atônita, porque ela me aproximava perigosamente do que minha mãe havia vivido ao escolher meu pai.

Eu deveria seguir o caminho oposto, o das escolhas sensatas, mas a sensatez da escolha que fiz promoveu uma espécie de assepsia na minha vida. Os dias eram insípidos, previsíveis – e eu descobri que a previsibilidade, que tanta falta fazia na nossa casa em Redenção, ali era prima em primeiro grau do tédio. O que deveria me acalmar e trazer segurança era, na realidade, o que me sufocava. Ser capaz de adivinhar o desenrolar de cada dia era a morte inescapável de cada dia. E a pessoa que eu era ia morrendo aos poucos, junto com as horas adivinhadas.

Em nenhum momento eu chegava a cogitar a possibilidade de me separar. Porque o que estava em jogo, na minha cabeça, era uma equação simples e irrefutável: minha mãe adorava o Miguel e eu adorava minha mãe. Estar com ele era vê-la feliz – que era o que eu mais queria. Ou não? Porque ver a felicidade dela deveria assegurar minha própria felicidade. Mas isso não acontecia. A alegria dela não conseguia calar minha angústia. E era uma alegria modestíssima.

Ex-diretora de colégio em Redenção, amada por professores e alunos, em São Paulo minha mãe conseguiu um emprego como secretária em um colégio. Vê-la atrás do balcão da secretaria resolvendo pendências burocráticas, anônima, só, e tão longe de casa, acabava comigo. De lá, ela ia para o apartamento escuro, onde a campainha raramente tocava. E não reclamava nunca. De nada. Mas eu via seus olhos opacos, que só ganhavam vida quando Miguel e eu chegávamos juntos e aparentemente felizes. Inevitavelmente eu pensava: é a única coisa que posso dar a ela. E nada, nada mesmo, me faria pôr um fim àquele casamento. Porque, sem ele, sobraria muito pouco para minha mãe. E, sobrando pouco para ela, sobraria quase nada para mim.

Mãe,

Foram mais de vinte anos juntos. E eu penso no esforço enorme que nós duas fizemos para acreditar que o meu casamento com Miguel estava dando certo. Quantos sentimentos camuflamos, quantas palavras omitimos, quantos silêncios nos impusemos para manter o artifício daquela vida a dois.

    Virei especialista em racionalizações. No jornal onde eu trabalhava, diariamente comparava meus colegas com o Miguel e concluía que ele era mais interessante, mais inteligente, mais atraente e mais sensível que todos eles. Recusava os convites para sair, respondia as cantadas com brincadeiras e me convenci de que com qualquer outro homem eu teria os mesmos problemas: a incapacidade de sentir, de amar, de dizer "meu bem", "querido", "meu amor". Meu problema não era com o meu marido, eu pensava, era com os homens em geral. Às vezes eu me lembrava da viagem a Santos: o que eu vivi ali desmentia esse *pressuposto. Mas aí sua excursão – a que te levou a conhecer meu pai – me vinha à cabeça. E a comparação era inevitável: o que eu senti pelo estudante de Medicina tinha sido o mesmo que você sentiu quando conheceu meu pai. Você não conseguiu resistir à paixão. E as consequências nós conhecíamos bem.*

Aprendi a lição, mãe, e levei muitos anos para ter coragem de trair o Miguel. Foi preciso estar no México para que a traição acontecesse e, apesar de ter ido lá nos visitar duas vezes, você nunca soube. Quando o Miguel ganhou a bolsa para fazer o doutorado e decidi deixar meu trabalho (uma decisão difícil que você acompanhou), achei que a gente teria uma chance de conviver em outro ambiente, outra cultura, e que isso nos aproximaria. Porque ele, claro, sentia a barreira que, involuntariamente, eu vinha criando entre nós. E manifestava, com pouquíssimas palavras, sua frustração. Achei que a Cidade do México poderia ser um lugar como Santos, onde eu me sentisse viva e, quem sabe, apaixonada. Por ele, meu marido, que merecia tão mais do que eu dava a ele. Embarquei disposta a aprender, a me modificar, a encontrar dentro de mim alguma forma de paixão – e de fato encontrei. Mas não pelo Miguel.

Um consultório de dentista em San Ángel (aquele bairro do Bazar del Sábado que você e eu adorávamos visitar): foi lá que eu conheci o homem que mais desejei na vida. Meu dentista no México: quem diria? Quando ele entrou no consultório no primeiro dia, a atração que eu senti foi tão forte, tão diferente de tudo que eu já tinha experimentado, que me assustei. Meu rosto queimava, as frases saíam desarticuladas. E ele, claro, viu o efeito que provocou em mim. Cabelos negros, olhos de um verde impossível – era um homem bonito, não havia dúvidas. Mas foi a expressão do seu rosto que me seduziu. A circunspecção, o olhar de quem já tinha vivido muito. E o jeito de falar – baixo, compassado, sem desviar os olhos de mim nem por um segundo. Não era canastrão. Não era um conquistador barato (ao contrário, o tratamento era caríssimo... brincadeira). Era um homem sedutor, que parecia não fazer o menor esforço para seduzir.

Foram uns dois meses visitando aquele consultório sem que nada acontecesse – ou com tudo acontecendo, só que dentro de mim. Porque eu não parava de pensar nele, de sonhar com ele, de ficar enlouquecida de vontade de vê-lo. Quando a mão dele encostava no meu rosto, minha respiração mudava. E quando ele perguntava se eu estava sentindo alguma coisa, sem se dar conta da ironia da pergunta (ou talvez perfeitamente consciente dela), eu custava a responder que não. Porque eu estava sentindo tudo: tudo que eu sonhava sentir por um homem e que tentei experimentar com Miguel desde o início – em vão. A paixão adolescente na praia de Santos teve a inocência de todas as paixões desse tipo. O que eu não conhecia ainda era a paixão adulta, o desejo amadurecido (ainda que à minha revelia) e, por isso mesmo, inescapável. Era um desejo que não precisava de arroubos românticos: ele se bastava. E eu estava atordoada: não sabia o que fazer com a força daquilo que eu desconhecia até então e que agora era parte de mim.

Quando eu voltava para casa, andando sem pressa por San Ángel, observava os casarões que me encantavam, o colorido dos huipiles das mulheres que passavam pelas ruas, os muitos tons do céu – quase sempre nublado, e me impressionava com a nitidez das formas e das cores de tudo. Sentia o cheiro onipresente das tortillas de milho e o perfume das flores vendidas nas calçadas. Ouvia as conversas nas portas dos bares, os gritos das crianças brincando nas praças – e era como se meus sentidos tivessem sido apurados. O mundo estava mais próximo, mais vivo do que jamais estivera.

Antes de chegar, eu parava sempre numa padaria que vendia roles de canela – dava para sentir o cheiro desses pãezinhos de longe, e eu comprava uma quantidade absurda, que daria para uma família de seis pessoas. Porque, quando eu me sentava para tomar café, a canela perfumava a casa e aquele cheiro me levava de volta às ruas de San Ángel e ao consultório. Era uma forma de prolongar os encontros com Héctor, que logo passaria de meu dentista a meu amante (a palavra "amante" e sua carga insuportável de drama...). O fato é que nunca mais dissociei o cheiro da canela daquele estado de puro arrebatamento e total falta de juízo que a gente chama de paixão.

Sei que você deve estar pensando: e o Miguel? Ele soube dessa história? Sofreu muito? Fique tranquila, mãe. Assim como você, ele nunca soube. E é isso que me espanta, ver que eu consegui viver algo tão intenso sem que vocês soubessem. Porque eu sempre tive dificuldade de fingir, de dissimular o que quer que fosse. Nunca me dei o direito de ser menos do que correta – a eterna aluna do colégio de freiras tentando andar no fio tênue onde se equilibravam as boas moças. Já era muito, já era algo absurdamente grande, ter que esconder do Miguel que o que eu sentia por ele não era amor. Mas tive que aprender a esconder algo maior. Dele e de você. E viver uma culpa que durou anos – surpreendentemente, ainda havia espaço para carregar culpa dentro de mim. Mas uma coisa eu te asseguro: a culpa que senti por "trair" vocês dois foi muito menor do que a raiva que eu sentiria se tivesse me acovardado, se tivesse virado as costas para a possibilidade de pela primeira vez viver uma paixão adulta. Isso, sim, seria imperdoável. E eu teria me distanciado irremediavelmente de vocês.

[O absurdo e o fugaz]

Foi no Bazar del Sábado de San Ángel, em uma mesa entre tantas outras espalhadas pela Plaza San Jacinto, que eu avistei Héctor alguns dias depois de ter terminado meu tratamento dentário. A multidão, as mil cores do artesanato exposto, o som de uma marimba competindo com a música do grupo de *mariachis* – tudo isso deixou de existir quando meu olhar distraído se encontrou com o dele. Fiquei estática por alguns segundos, tempo suficiente para saber que não haveria timidez, nem bom senso, nem casamento algum que me impediriam de falar com meu dentista. Ele se movimentou, como se estivesse decidindo se deveria vir me cumprimentar, mas não teve tempo. Andei em direção à sua mesa como se ela fosse o único destino possível naquela manhã de sábado – e era.

Héctor estava com um amigo americano e me convidou para sentar com eles. Pouco depois, o amigo se despediu (alguma divindade asteca interveio a meu favor) e Héctor explicou que tinham ido tomar uma cerveja para "ajudar a empurrar" o final de semana do americano, que tinha acabado de se separar. Encorajada pela mistura infalível do álcool com a paixão (eu estava tomando minha segunda *piña colada*), perguntei sem qualquer preâmbulo: "E seu casamento? É sólido?". Héctor fez uma longa pausa, que coincidiu com os últimos acordes da música que os *mariachis* estavam tocando, e respondeu com outra pergunta: "*Sólido? Que es 'sólido' para ti?*". Era tudo de que eu precisava. Nenhuma afirmativa seria tão eloquente. Eu apenas sorri, encostei minha taça de *piña colada* no copo de cerveja dele, e propus um brinde às coisas que não tivessem qualquer compromisso com a solidez.

Dias depois, quando eu disse a ele que o que a gente estava vivendo era um absurdo, Héctor citou uma frase de Frida Kahlo: "*Qué haría yo sin lo absurdo y lo fugaz?*". Durante meses, eu sucumbi às duas coisas. Passei a conviver, diariamente, com a impermanência e a falta de lógica. Deixei de ser "correta". Deixei de fazer planos que não fossem imediatos. Deixei de ter medo. E mergulhei, pela primeira vez na vida, na água turva dos desejos que se recusam a ser ignorados. Não havia escolha. Ou, se havia, eu era incapaz de enxergá-la. Ali, os olhos translúcidos do Miguel não poderiam ver por mim. Eu estava sozinha. Os passos eram meus. E eu só queria caminhar em direção ao Héctor – abraçar sem reservas o que eu não conhecia. Como fugir, naquele momento, do absurdo e do fugaz?

Mãe,

Eu não tinha a menor ideia de que seria capaz de viver o que vivi no México. O corpo travado da adolescência, o corpo sem vida da mulher casada, o medo de despertar impulsos indevidos, a vontade de ter um destino diferente do seu, escolhendo um homem que não me ameaçasse – tudo isso me fazia acreditar que eu seria sempre a mulher incapaz de sentir, de se entregar, de se apaixonar. As histórias que você me contou, mais a história que vivi com meu pai, me ensinaram a duvidar e a temer. A manter uma distância segura – dos homens e de mim mesma. Do que pudesse existir dentro de mim.

Mas, na terra dos terremotos que ultrapassam facilmente os seis pontos na escala Richter, algumas estruturas não se sustentam. Literalmente, as casas caem. E a minha ruiu. Minha construção, feita de prudência, repressão e a eterna necessidade de passar nos testes, de acertar sempre... ah, a fragilidade dessa construção quando se encontra com a ameaça sísmica de uma paixão pouco recomendável (paixão pouco recomendável: será que acabei de cometer um pleonasmo?). O fato é, mãe, que a casa caiu, e por pouco meu casamento acabaria soterrado.

Héctor era casado, mas seu casamento estava "em crise" (depois do pleonasmo, o clichê). Ele e a mulher tinham decidido passar um tempo separados, para avaliar se retomariam o relacionamento ou se a separação seria definitiva. Ele alugou uma casa perto do consultório, a poucos metros da padaria onde eu comprava os pãezinhos de canela. E era ali, num callejón eternamente colorido por buganvílias, que nos encontrávamos. Quando eu entrava naquela casa de fachada ocre, depois de bater timidamente na porta com uma aldrava de bronze, a sensação que tinha era a de ter acabado de cruzar uma ponte que, poucos segundos depois, seria encoberta pela água. Estávamos sitiados. E eu teria que nadar contra a corrente se quisesse voltar para a outra margem do rio, um lugar onde me afogava diariamente na tristeza e na culpa. Claro, mãe, a culpa. Como não senti-la? Como não vivê-la, se eu a carregava nos olhos, na pele, nos cabelos, no cheiro que já não era só meu, nos gestos inusitados (de onde vinham?), no novo vocabulário, nos vestidos que eu passara a usar e que em casa pareciam trajes saídos de um armário que não me pertencia?

Miguel chegava da universidade exausto, comia alguma coisa e mergulhava nos livros. Ia dormir de madrugada. E eu imaginava formas de compensá-lo pela minha deslealdade. Deixava a casa impecável, fazia tacos com tortillas de trigo (ele detestava as de milho), tentava me interessar pelos relatos do cotidiano na universidade, descobria filmes na televisão que pudessem distraí-lo nas pausas dos estudos. Mas é claro que nada disso compensava o fato de eu ter outra vida que ele desconhecia, uma vida em que eu me sentia infinitamente mais viva do que ao seu lado.

Para justificar minhas saídas, eu recorria a duas americanas que conheci em um curso de visitas guiadas ao Museu de Antropologia, e de quem fiquei próxima. Quando eu "desaparecia", dizia que estava com elas. E havia meu trabalho como freelancer, produzindo matérias para o Brasil. Miguel nunca estranhava minhas ausências. Eu é que estranhava minha capacidade de inventar desculpas, dissimular, esconder. Porque, até então, esses comportamentos nunca tinham sido meus.

O fato é, mãe, que durante meses fui duas mulheres: a que você sempre quis que eu fosse e a que, sem ter a menor consciência disso, eu sempre tive vontade de ser. E essas duas mulheres se separariam, inevitavelmente, por total incompatibilidade de gênios. Mas, até que a separação acontecesse, eu me equilibrei entre os dois papéis – sempre me atormentando, sempre me castigando e, é preciso reconhecer, tendo momentos de uma felicidade que eu ainda não conhecera. Absurda, fugaz e misturada a uma tristeza antiga, mas irrecusável. Eu me agarrei a ela enquanto pude – e sei que você me entende.

Suas Anas.
(No plural. Ou você tem alguma dúvida de que essas duas mulheres são frutos seus?)

[Sólo una muerte]

O banco de pedra da Plaza de los Arcángeles. A caminhada curta na Calle de la Amargura. Uma parada na cantina La Camelia. Uma passada nos jardins da Iglesia de San Jacinto. Nossos passeios por San Ángel eram uma forma de retardar o momento de estarmos sós. Porque, quando entrávamos na casa ocre semiescondida por buganvílias, a intensidade da paixão que sentíamos um pelo outro nos fazia dizer o que não deveria ser dito. Queríamos, e prometíamos um ao outro, a eternidade de algo que não havia nascido para durar.

Héctor falava pouco e eu acompanhava seus silêncios. Não havia sobra de palavras entre nós. Mas às vezes um gesto, uma despedida relutante ou um olhar mais demorado ajudavam a criar um diálogo que não poderíamos nos permitir. Porque estávamos conscientes do que nos aguardava: ele acabaria voltando para sua mulher e eu não me separaria do Miguel. O que começara como um desvio infinitesimal de rota não poderia tomar o lugar do caminho principal. Estava condenado à provisoriedade de qualquer desvio.

Um final de tarde, enquanto Héctor me ensinava a preparar um *mojito*, misturando um rum vindo de Cuba com a hortelã colhida no jardim, eu disse que só faltava uma música cubana para acompanhar nosso brinde. Ele foi até a caixa de CDs que tinha trazido de sua casa e pôs para tocar uma versão instrumental de "Lamento Cubano". Sorrindo, propôs um brinde "*a nuestro amor insensato*" e me puxou com suavidade. Começamos a dançar na cozinha da casa ocre. Lentamente. Apaixonadamente. E meu corpo se deixou levar, esquecido do medo. Era um corpo que eu não reconhecia.

"*Hueles a hierbabuena*", Héctor disse, ao sentir o cheiro de hortelã em minhas mãos. "*Y tu sabes a ron*", respondi, depois de sentir o gosto do *mojito* nos lábios dele. Foram as únicas frases que trocamos. Quando a música acabou, ficamos parados, tentando encontrar o caminho de volta para o que éramos antes do "Lamento Cubano". Ou antes de nos conhecer. Ele me pediu que não fosse embora. E, enquanto repetia *Quédate* e *No te vayas*, começamos os dois a chorar. Naquele choro que marcava nosso momento de maior proximidade até então, naquele instante em que o desejo ameaçava sair de seu território circunscrito e se transformar em amor, começou a nascer nossa separação. Porque naquela hora ficou claro: não havia mais como estarmos juntos pela metade. Mas não estávamos prontos para enterrar dois casamentos que respiravam – ainda que por aparelhos.

Na manhã seguinte, saí sem rumo pelas ruas do bairro onde morávamos. Tomei um café sem gosto em algum lugar, comprei o pão que Miguel amava e entrei, sem me dar conta, em uma igreja que eu nunca havia visitado. Tentando me acostumar com a escuridão do interior (só uma pequena porta lateral estava aberta), me ajoelhei e naquela hora tive certeza: eu teria que sair dali com uma decisão. Não podia mais continuar enganando o Miguel. Muito menos ceder à vontade de me separar – eu não me dava esse direito. Mas não sabia como retomar a vida que tínhamos antes que eu soubesse que era capaz de me apaixonar.

Comecei a rezar, e só naquela hora ergui a cabeça. Eu estava ajoelhada na extremidade do banco e não tinha olhado para o altar ou para os lados nem uma vez. Naquele momento em que levantei a cabeça, alguma coisa no corredor me chamou a atenção. Tentei distinguir o que era, mas a escuridão não ajudava. Só depois de olhar bem me dei conta de que aquela forma estranha, a três ou quatro metros de onde eu me ajoelhara, era um caixão. Eu estava em um velório e, naquela igreja cheia de sombras, aparentemente só havia duas pessoas: o morto e eu.

Minhas pernas não se moviam. Peguei minha bolsa, o pão que tinha comprado para o Miguel e tentei, em vão, me levantar – meu corpo estava ancorado, atracado àquele banco. Mas aos poucos o susto e o medo foram dando lugar a uma tristeza imensa diante da solidão absoluta daquela pessoa morta. Eu não poderia deixá-la ali, abandonada. Alguém teria que velá-la, mesmo sem conhecê-la. Consegui me levantar e me aproximar do caixão. Vi que o morto era um senhor de rosto marcado, cheio de sulcos, e suas mãos morenas seguravam um terço: parecia ter sido surpreendido pela morte enquanto rezava. Comecei a orar por ele, tentando encontrar as palavras, e logo estava chorando – por ele e por mim.

Um tempo depois (nunca saberia precisar quanto), apareceu uma senhora. Uma figura minúscula, de tranças até a cintura, segurando duas velas e acompanhada por outra mulher, que devia ser a cuidadora da igreja. Nós nos olhamos sem dizer nada e quando eu já estava me virando para ir embora ela se aproximou e disse baixinho: "*Gracias. Es mi esposo. Gracias por quedarse con él. Que Dios la bendiga*".

Procurei Héctor no mesmo dia. Contei sobre o velório e disse que o encontro com a morte daquele desconhecido tinha me apontado o caminho – o único a ser seguido. Teríamos que nos separar. Ele ficou em silêncio e durante um longo tempo apenas me olhou, os olhos verdes carregados de uma tristeza que parecia escurecê-los. Depois perguntou: "*Por qué? Lo que has visto es sólo una muerte. No tiene que ser nuestra muerte, nuestro final*". Mas, enquanto falava, enquanto tentava me convencer a desistir da separação, cada palavra pronunciada era também de desistência. Tanto quanto eu, ele sabia que teríamos que enterrar ali, na tarde luminosa de San Ángel (as sombras da igreja todas dentro de nós), a paixão que ameaçava ficar maior do que deveria.

Tomamos um último *mojito*. Dançamos mais uma vez o "Lamento Cubano". Senti, pela última vez, o toque áspero da roupa de cama (eu sempre brincava que sua pele era infinitamente mais macia que seus lençóis). Já era quase noite quando consegui ir embora. Na saída, Héctor arrancou um pequeno cacho de buganvílias e colocou dentro da minha bolsa. Eu tirei os brincos que estava usando e coloquei em suas mãos. No final do *callejón*, olhei para trás e o avistei encostado na porta da casa ocre. A última imagem do homem que me fez sentir o que eu não sabia que era capaz de sentir – o homem para quem eu tive que me reinventar, sendo a mulher que eu não sabia que era capaz de ser. Ali, eu me despedia dela também.

Percorri as ruas de pedra querendo que nunca mais acabasse o caminho de volta para casa. Parei na padaria para comprar os *roles de canela* pela última vez e desci abraçada com o saco de pães, me agarrando ao cheiro das tardes e das noites de San Ángel, ao cheiro da minha história com Héctor. Mas joguei os pãezinhos fora antes de chegar. Em casa, tirei a buganvília de dentro da bolsa e coloquei em um copo com água. Troquei a roupa que estava usando e me deitei abraçada à blusa, que tinha ficado impregnada com o cheiro da canela. Quando Miguel chegou da universidade, eu disse que estava chorando de saudades da minha família. A última mentira, pensei. Só depois ficaria claro que a escolha que eu tinha acabado de fazer significava manter a maior, e a mais incontornável, de todas as mentiras, que era meu casamento com ele.

Mãe,

Que pena você não ter conhecido o Héctor – pena porque você teria gostado dele. Faltou muito pouco para eu chegar a amá-lo – aquele amor que vai muito além da paixão. E só consegui romper com ele antes que isso acontecesse por causa das palavras que ouvi de uma senhora mexicana no velório de seu marido. Eu não os conhecia. Tinha entrado por acaso numa igreja onde um homem estava sendo velado e, no momento em que avistei o caixão, não havia ninguém por perto. A solidão do morto me comoveu e fiquei ali, incapaz de abandoná-lo, até que chegou uma senhora, vindo da sacristia, disse que a pessoa que estava sendo velada era seu marido e me agradeceu de forma emocionada por ter feito companhia a ele.

O carinho daquela mulher já idosa pelo companheiro, a forma como me agradeceu por não tê-lo deixado só, aquele amor provavelmente de uma vida toda... como ver tudo isso e não pensar no meu casamento, na solidão que eu vinha impondo ao Miguel e na indigência dos meus sentimentos por ele? Vi naquela mulher a companheira que eu deveria ser, aquela que, mesmo com o marido morto, sofreu por ter tido que abandoná-lo por alguns instantes. A esposa generosa, a que não mente, não trai, não sonega o amor.

Saí da igreja decidida a ser a mulher que o Miguel merecia. Rompi com o Héctor (como foi duro...), comecei a ensaiar gestos diários de carinho, a repetir frases amorosas como se estivesse praticando um idioma recém-aprendido, a fazer planos para nossa volta ao Brasil. Você esteve conosco nesse período e me lembro que passou pelo susto enorme de enfrentar um terremoto que castigou a cidade do México. Aprendeu a rezar para Nossa Senhora de Guadalupe e ficou mais ansiosa que nunca para que a gente voltasse para São Paulo. Mas foi para casa feliz por ver que estávamos bem. E eu comecei a acreditar que, mesmo que ainda não estivéssemos, um dia estaríamos.

Quando Miguel concluiu o doutorado (com tanto brilhantismo que teve um convite da universidade para ficar, você se lembra?), decidimos que eu viria uns dias antes para o Brasil. Ele se encarregaria das providências práticas que tinham que ser tomadas no México, e eu cuidaria de tudo em São Paulo. Antes passei dias empacotando roupas, livros, lembranças antecipadas, e a tristeza de deixar a Cidade do México me tirava o sono, o apetite, a vontade de falar. Porque, mais do que me despedir do México, naqueles dias eu sabia que estava me afastando da mulher que fui ali. Não haveria espaço para ela em nosso apartamento de São Paulo. Nenhum dos cômodos seria capaz de acomodá-la.

Deixei o México num começo de tarde, carregando três malas pesadíssimas e a sensação de estar oca, eviscerada, como se minha sombra tivesse assumido o lugar do corpo e repetisse automaticamente seus movimentos. Poucas horas depois desembarcava na Cidade da Guatemala, onde decidi fazer uma escala de dois dias para conhecer as ruínas maias de Tikal. Parar na Guatemala era uma forma de continuar perto do México e adiar a chegada ao Brasil. Uma tentativa de suspender o tempo prolongando a viagem.

E foi nessa parada ditada pela covardia, nesse turismo de conveniência fruto do medo de chegar, que o impensável aconteceu. Você nunca soube, mãe, nem você, nem o Miguel, nem meus irmãos, mas ali, na impessoalidade de um hotel três estrelas, num quarto de móveis escuros e carpete gasto, eu fui estuprada. Ou violentada, porque o verbo estuprar consegue ser tão agressivo e pesado quanto o ato em si.

E por que esse silêncio? Por que esconder de você algo que me marcaria, ou me castigaria, tanto e por tanto tempo? Você sabe a resposta. Dividir com você o que eu vivi equivaleria a te fazer passar por tudo o que eu passei. Você também seria violentada e humilhada. Iria comigo ao quarto escuro, sentiria o cheiro daquele desconhecido, aguentaria, quase sem respirar, o peso do corpo dele sobre o seu, e choraria comigo todas as lágrimas. Por isso não contei. Ou também por isso. Porque no fundo, mãe, acho que o que me levou ao silêncio foi a mistura de vergonha e culpa. A culpa que precede o julgamento. A vergonha que queima o rosto e amordaça. Naquele quarto da Guatemala, eu voltei à banheira rosa de Redenção. Mais uma vez, eu me encontrava com um "homem doente", e a reincidência só poderia significar uma coisa: eu era responsável de alguma forma. Nem o homem do hotel nem o meu pai teriam se comportado como canalhas sem minha aquiescência. De alguma forma, eu tinha assinado embaixo. Isso era o que eu pensava. O que eu sentia – pretérito *imperfeito. Mas os tempos mudam, inclusive os verbais. Hoje, presente do indicativo, sei que não tive culpa. Não fui responsável. Mas meu rosto ainda queima às vezes, mãe. Meu corpo ainda se retrai. E, se eu te conto essa história agora, é porque quero que você entenda os processos que vivi depois, inclusive o fim do casamento com o Miguel. E que acredite que estou bem. Acho que, falando com você sobre o que ficou silenciado durante tantos anos, meu corpo e meu rosto vão finalmente perder a memória aviltante que foi imposta a eles. Para renascer como pretendo, preciso de um corpo e um rosto desmemoriados.*

Mãe,

Voltemos à Guatemala, ou melhor, vamos antes à sala de embarque do aeroporto da Cidade do México onde conheci o homem que me violentou. Ele estava sentado ao meu lado e, depois de fazer um comentário qualquer sobre o livro que eu estava lendo, começamos a conversar. Muito mais velho que eu, simpático, articulado, contou que era guatemalteco e trabalhava para o governo. Quando citei o motivo da minha viagem, discorreu sobre as ruínas maias e, quando anunciaram o embarque, perguntou o número do meu assento. Pelo tom da resposta, ele sentiu que eu preferia viajar sozinha. Apesar de haver vários assentos livres no voo, inclusive ao meu lado, não tentou trocar de lugar, e eu achei que não o veria mais. Mas, junto à esteira de bagagens, voltamos a nos encontrar. Ele me deu seu cartão (tinha um cargo de alto escalão no governo), fez questão de me ajudar a levar as malas até o guarda-volumes e se ofereceu para me deixar no hotel. Disse que havia um carro com motorista à sua espera, e, depois que insistiu muito, eu acabei aceitando.

Entramos no carro com placa oficial, ele me apresentou o motorista e, no caminho, perguntou se eu aceitaria jantar com ele e sua mulher. Era a última coisa que eu queria, mas ele foi tão gentil que não consegui recusar. No horário combinado, o telefone do meu quarto tocou. Um funcionário da recepção disse, em tom de brincadeira, que meu "companheiro de viagem" estava à minha espera – citou o nome e o cargo dele, dando a entender que era uma figura pública – e que gostaria de deixar um presente no meu quarto antes de sairmos. Estranhei, mas achei que talvez fossem flores, obviamente trazidas por sua mulher, e acabei concordando.

Quando a campainha tocou e eu abri a porta, ele me cumprimentou, entregou uma garrafa de vinho e entrou no quarto. Sem entender nada, peguei minha bolsa e fui em direção à porta, mas ele propôs que fizéssemos um brinde antes de sair. Abriu a garrafa, perguntou se ali não havia taças, brincou que teríamos que nos contentar com copos – tudo como se estivéssemos vivendo a situação mais natural do mundo. Enquanto isso, eu repetia sem parar que tínhamos que ir embora, que sua mulher estava esperando lá em baixo, que eu não queria beber nada... e ele me ignorava. Até que disse, com toda a calma, que sua esposa não iria conosco porque tinha surgido um compromisso e que ele achava melhor a gente ficar por ali mesmo e pedir algo para comer no quarto.

Entrei em pânico e comecei a pedir que fosse embora, que me deixasse sozinha, que me respeitasse. Mas meu medo, minhas palavras, meus gestos, nada disso chegava a ele. Era como estar em um daqueles pesadelos em que a gente tenta gritar e a voz não sai. Ele não me escutava. Eu podia gritar de fato, pedir ajuda, mas como explicar aquele homem, aquela "autoridade" no meu quarto, eu, uma desconhecida, sozinha num país estranho? E se houvesse um escândalo? E se o Miguel ficasse sabendo? Tudo isso passava pela minha cabeça em segundos, enquanto ele me agarrava, empurrava para a cama, me imobilizava, dizendo coisas obscenas, arrancando minhas roupas... e eu fui deixando aos poucos de falar, de implorar, de tentar afastá-lo. Fiquei muda, imóvel, sentindo o cheiro daquele homem de barba grisalha, as mãos dele me machucando, o corpo dele me sufocando, me matando aos poucos, me reduzindo a alguém que era tão menor que eu.

Não sei quanto tempo durou. Impossível cronometrar a humilhação, o asco, a certeza da dignidade aniquilada. Sei que em algum momento ele se levantou, se vestiu e foi até o banheiro, sem fechar a porta. Ouvi o barulho contínuo da água da pia, abri os olhos e vi que ele estava de pé, com os pulsos debaixo da torneira. Quando se deu conta de que eu o observava, sorriu e disse: "Uma sugestão: quando você estiver sentindo muito calor, é só colocar os pulsos debaixo da água, assim. Basta deixar um minuto. Refresca na hora". Era a fala de um amigo em um coquetel, de um parente tomando café em nossa casa. A naturalidade absoluta, intocada, do agressor. Enquanto a água escorria em seus pulsos, meu corpo inerte tentava não sentir o sêmen, a saliva, o suor que ele deixara em mim. Quando a porta do quarto finalmente se fechou, fui até o banheiro e vomitei o lanche do avião, o suco do frigobar, a raiva, o choque, a tristeza, o nojo. Abri o chuveiro e deixei que a água me lavasse até sentir que não havia mais cheiro algum – nem o meu. Tirei a colcha da cama, as fronhas dos travesseiros, me deitei sobre o lençol e fiquei ali, imóvel, até a luz do dia entrar pela janela, desenhar um quadrado no carpete gasto e me lembrar que mesmo noites como aquela chegam ao fim. Ainda que não acabem de todo.

Tomei o café da manhã, fui para o aeroporto, embarquei num avião de poucos lugares com destino à selva da Guatemala e percorri as ruínas de Tikal como se estivesse sonhando – Tikal, que significa "o lugar das vozes", a "cidade dos ecos". Eu ouvia as falas dos outros turistas como se viessem de longe, de um lugar onde nunca estive. Via os templos brotar do chão, assustadores. Contemplava as máscaras escavadas na pedra e enxergava apenas seu olhar acusatório. Andava sem sentir a textura do chão. E me lembro de ter passado alguns minutos com a cabeça no colo de uma senhora inglesa, debaixo de uma árvore. Ao ver que eu estava me sentindo mal (eu não conseguia parar de vomitar), e atribuindo o mal-estar ao calor, ela e o marido tinham me levado para uma sombra e foram me dando água gelada aos pouquinhos, dizendo palavras para me acalmar. Lembro que agarrei a mão daquela senhora como se fosse a sua, mãe. E ela me deixou ser filha sem nada perguntar. No dia seguinte, embarquei para o Brasil. Entrei no avião acompanhada pelas vozes da Guatemala, as vozes do México, os ecos do que vivi nos dois países e a determinação de deixar tudo para trás. Só assim seria possível recomeçar: silenciando as vozes indevidas. E havia muito para ser calado.

Mãe,

Faltou um P.S. na carta anterior. Interrompi a escrita por algum motivo e deixei de fazer uma pergunta que me acompanha há anos. Eu me lembrei dela quando disse que segurei a mão da senhora inglesa como se fosse a sua. Na realidade, foram pouquíssimas as vezes em que eu segurei sua mão. Porque quase não havia contato físico entre nós duas, ou entre você e os outros filhos, ou entre nós, irmãos. Com nosso pai, menos ainda. Éramos uma família que não se tocava, não se abraçava, não se beijava. Lembra no meu casamento, quando o fotógrafo pediu que eu beijasse seu rosto? Nosso imenso desconforto ficou registrado na foto.

Eu não tenho uma lembrança sequer de estar no seu colo quando criança. Ou de ter sido abraçada mais tarde. Beijo no rosto? Nunca. Evitávamos todo tipo de proximidade física. Nosso afeto ia até o limite do corpo. Aprendemos cedo a conter nossos gestos, a domesticar nossas mãos. E aprendemos com a mudez do seu corpo, mãe, e com a interdição associada ao corpo do meu pai. Formávamos uma família estranha, que economizava nos movimentos por medo de se esbarrar.

Quando você envelheceu e foi ficando cada vez mais frágil, eu não sabia como trocar suas roupas, pentear seus cabelos, passar creme nos seus pés ressecados. Sua boca se sujava com migalhas de pão, restos de sopa, e era necessário limpá-la. Seus pés esfriavam e era preciso calçar as meias. Ou o tempo esquentava e você pedia para tirar o casaco. Eu ficava ali, dividida entre a necessidade de te tocar e o medo de te desrespeitar, te constranger, romper nosso acordo tácito. Ali, naqueles momentos finais, eu era a mãe e você a filha, mas eu tinha aprendido com você a ser uma mãe sem corpo. Você me ensinou a imaterialidade do afeto. E cada gesto meu precisava ser construído com esforço. Eu tinha que apagar o automatismo dos meus movimentos, mas não havia tempo suficiente para fazer meu corpo esquecer. Foram muitos anos de treino e, ao se despedir da vida, você não dava tempo a ele para se reeducar.

O que eu gostaria de te perguntar agora, mãe, é se você tinha consciência dessa avareza de demonstrações de carinho que marcou nossa família. Se você achava, como eu, que, mesmo sendo imenso, um afeto que não pode se expressar fisicamente é um afeto mutilado. Se você queria, mas não conseguia nos abraçar. E se você imaginou, em algum momento, que aquele modelo de amor de braços atados com que nos acostumamos a viver poderia nos acompanhar para sempre. Mas sei que essas perguntas não fazem sentido. Sei que você não aprendeu a abraçar seu pai porque não teve pai. Não se acostumou a abraçar o marido porque não teve marido. E foi criada por uma mãe que, ela própria, não teve marido nem pai. Vocês duas só conheceram o afeto mutilado e nós, meus irmãos e eu, fomos seus herdeiros.

Mas estou decidida a mudar essa história. Venho treinando meu corpo para não sentir medo. Aliás, tenho me educado para não temer, seja o que for. Porque, assim que desembarquei em São Paulo, virei refém do pânico, pai de todos os medos. E da depressão, que alguém já definiu como o luto temporário da alma – eu acrescentaria: do corpo também. Porque uma alma deprimida exige a cumplicidade do corpo. E, quando os dois são acompanhados pela paralisia provocada pelo pânico, eu me pergunto: sobra o quê? Muito pouco. Mas sobra. E é atrás desses restos que eu tenho corrido. Agora menos, porque o pior já passou. E isso, mãe, merece um brinde, ou vários. Você amava cerveja. Eu amo vinho. De onde estiver, erga seu copo de Corona (o México, sempre...). De onde estou, levanto minha taça de pinot noir. Cheers! Ainda que não pareça, temos muito a celebrar.

[O medo sem rosto]

Foi numa tarde de domingo. O que faz todo o sentido, porque eu não conseguiria associar o que vivi a uma manhã de sábado, por exemplo, ou a uma noite de quinta-feira. Foi no vazio melancólico, nas horas pastosas de um final de tarde de domingo. Enquanto eu lia o jornal e o Miguel dormia no sofá ao meu lado, um medo desconhecido surgiu do nada e apertou minha garganta com garras implacáveis, me tirando o ar. Num primeiro momento achei que estava morrendo. Depois, que estava ficando louca – senti que as paredes se moviam e o chão as acompanhava. Não me reconhecia e não reconhecia nada à minha volta: o mundo tinha saído do lugar. Sensações de frio e calor se alternavam. Eu tentava deitar e ficava sufocada, me levantava e o corpo, privado de toda a força, ameaçava desabar. Ensaiava falar, chamar o Miguel, mas as palavras não saíam. O maxilar, enrijecido, não obedecia, e a língua parecia ter crescido, impedindo a passagem dos sons. Uma náusea violenta se misturava à sensação de desequilíbrio. E minha cabeça foi invadida por uma série vertiginosa de imagens: pessoas que viravam bichos, paisagens escuras que engoliam pessoas, monstros, rostos de parentes, de desconhecidos, e eu ouvia as vozes das minhas cunhadas, da minha mãe – era um filme de terror projetado dentro de mim, um ensaio para a morte que fazia brotar a vontade de morrer como saída, porque qualquer coisa que pusesse fim àquele pesadelo seria melhor que ele. Até mesmo a morte, que, de alguma forma, devolveria o mundo ao seu lugar.

Eu não sabia, claro que não, mas aqueles minutos eternos seriam os primeiros de uma série. Começava ali minha longa convivência com o pânico, o mais covarde de todos os medos, porque não diz a que veio, não mostra a cara, não se deixa decifrar. E a depressão, que eu tinha trancado num cômodo sem janelas e dormia o sono intermitente dos inimigos ainda por vencer, se soltou e veio para a sala, onde o pânico já se achava instalado. A tristeza e o terror, juntos na minha vida, inseparáveis na minha casa. Não havia onde me esconder. E vieram as terapias, os antidepressivos, a insônia, os ansiolíticos, a tentativa diária de ficar em pé, de não submergir, não enlouquecer, não parar de trabalhar. "Você sente medo de quê?", eu ouvia com frequência. E a cada vez que engasgava na resposta, me sentia mais distante das pessoas, mais estranha e alijada. Quando alguém tentava me convencer a parar com os remédios, a angústia crescia (cada conselho, um fermento eficaz para minha dor). E quando uma colega da revista para a qual eu trabalhava, com a melhor das intenções, dizia que eu tinha tudo para ser feliz e fazia o inventário das coisas boas que eu insistia em ignorar, a vontade de gritar era quase incontrolável. Porque, quando se tem pânico e depressão, o vocabulário muda, a sintaxe se inverte e a língua que nos ligava aos outros passa a nos separar. Diante da impossibilidade da comunicação, restam duas vontades: ficar em silêncio absoluto ou gritar.

Eu gritava por dentro. E, nos consultórios dos terapeutas, a cidade das vozes e dos ecos que eu carregava na alma (minha Tikal particular) emudecia. Por mais que tentasse, eu não conseguia trazer para fora os sons que me atormentavam. Ali, naquelas salas de tapetes persas e quadros nas paredes, eles se recolhiam, se recusavam a ser compartilhados. E eu ia para casa levando de volta todos os monstros (meu inferno particular).

    Miguel, perplexo diante da estranha que passara a ocupar o lugar de sua mulher, tentava ajudar de todas as formas. Calava suas perguntas, respeitava o muro impiedoso do meu silêncio e tratava minha tristeza e meu medo como hóspedes indesejados: seu desconforto diante dos dois era visível, mas não negava a eles o sofá-cama da casa. Estava certo de que eventualmente partiriam. E, ao mesmo tempo em que tentava acomodar as duas presenças incômodas que eu havia trazido para nossas vidas, começou a se afastar de mim com movimentos quase imperceptíveis. Com a suavidade e a elegância que sempre marcaram seus gestos, foi desconstruindo o amor que sentia por mim. Uma desconstrução parcimoniosa, da qual parecia não ter a menor consciência. E eu, que jamais chegara a amá-lo, assistia àquele desmoronar silencioso de sentimentos sem me mover, sem saber o que sentir. O alívio de enxergar o fim iminente de algo que jamais deveria ter começado convivia com a angústia insuportável diante da perspectiva de perder meu melhor amigo – insubstituível. Mas o fim não viria tão cedo. Ao deixar de me amar, de me ver como mulher, Miguel nos igualou. Pela primeira vez, gostávamos um do outro da mesma forma. E isso, ironicamente, nos aproximou. O desamor se encarregaria de nos manter casados.

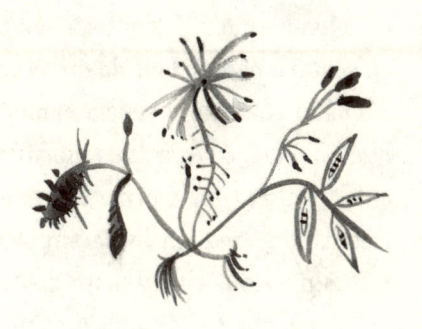

Mãe,

Você sempre disse que ficou casada mais de trinta anos com um homem que desprezava porque achava importante que seus filhos, e principalmente sua filha, tivessem um pai. E eu, mãe? Qual seria minha desculpa? Não tive filhos (e sobre isso a gente vai falar depois). Não dependia financeiramente do Miguel. Nunca tive medo da solidão. Por que, então, prolongar por tanto tempo um casamento sustentado unicamente pelo carinho? A primeira palavra que me ocorre é covardia. Só de imaginar a tristeza gigantesca que eu infligiria a você, caso me separasse, eu recuava. Antes mesmo que a intenção se formasse, eu desistia dela. Mas talvez o maior medo mesmo fosse o de sair do abrigo onde eu me instalara – uma construção feita de sensações seguras e sentimentos mansos, para enfrentar o descampado dos desejos que ditam ordens e dos amores que fazem sofrer.

Quanto mais a depressão e o pânico me ameaçavam, mais eu sentia a necessidade da proteção que eu acreditava vir do casamento. Não passava pela minha cabeça, em momento algum, que uma das causas mais prováveis de todo aquele sofrimento emocional era justamente o fato de estar casada. Lacanianos, freudianos, uma legião de terapeutas deve ter dado todas as pistas para que eu chegasse a essa conclusão. Mas, ainda que gritassem nos meus ouvidos, eu não estava pronta para ouvir. A prisão do casamento era meu hotel cinco estrelas. Ali eu poderia dormir em colchão de penas, ainda que meu sono fosse embalado pela indústria farmacêutica.

Só que o inconsciente não brinca em serviço. Ele, sim, tem sono leve. E me fazia agir na direção contrária às minhas convicções. Comecei a desejar que o Miguel me traísse. Comecei a sofrer, inexplicavelmente, imaginando que a traição já estava em curso. E vasculhava suas coisas com a ferocidade das mulheres apaixonadas. Ensaiava a dor da traição, a indignação, enxergava o fim dramático do nosso casamento e passei a me alimentar daquele roteiro minuciosamente traçado pela imaginação. Assim como a gravidez psicológica, que faz crescer os seios e o ventre e chega a produzir leite na mulher que quer muito (ou teme) engravidar, minha necessidade inconsciente de acabar com aquele casamento produzia sintomas: minha falta de amor pelo Miguel era um ventre vazio e um par de seios ressecados que de repente passaram a se comportar como se o feto, de fato, existisse. O que parecia ser um ciúme doentio não era ciúme. Era fruto de uma pseudogestação. O que eu queria, no fundo (ou no fundo do fundo), era que Miguel fosse o autor indireto do rompimento. O responsável pela nossa separação. Meu marido teria que cometer algum delito para que eu saísse da cela que era nossa vida a dois.

Quando ele chegava tarde em casa, recitando desculpas com a inabilidade dos que não costumam mentir, eu sentia raiva – porque tinha ensaiado para senti-la e porque invejava profundamente o que Miguel estava vivendo. Seu desejo em ação era o meu desejo reprimido – e usurpado. Mas a raiva vinha acompanhada da satisfação perversa de vê-lo "errar", porque seus erros não só abririam o caminho para a separação, como ainda justificavam o fato de eu não ter conseguido amá-lo.

Não conheço combustível mais eficaz que a neurose, mãe. Ela manteve a fogueira do meu casamento (gelado) acesa. Cozinhou em fogo brando o desamor, as mágoas, o afeto, os ciúmes reais e os pretendidos, as frustrações, as alegrias, a libido agonizante, a libido ausente, os segredos inconfessáveis, as traições, o companheirismo. E fomos nos acomodando àquela convivência desajeitada, feita de meias-palavras, meias-verdades, meios-sentimentos. Até você nos deixar. Até você sair irremediavelmente da minha vida. Sua morte levaria à morte do meu casamento. E acho que nós duas sempre soubemos que assim seria.

[Dois retratos]

Há muitas formas de morrer – e casamentos morrem, como pessoas. Alguns de morte súbita, outros depois de enfermidades prolongadas. Há casamentos natimortos. Casamentos que voltam do coma. E outros que morrem assassinados. Dona Inácia, nossa vizinha em Redenção, assassinou seu casamento de mais de cinquenta anos depois de enterrar o marido. Foi preciso que ele morresse primeiro. Só então foi capaz de matar (ou tentar matar) o vínculo que a escravizara.

Mãe de oito filhos, limpava a casa até deixá-la sem um vestígio de poeira. Cozinhava, lavava e passava roupas para dez pessoas, cuidava da horta, rachava a lenha do fogão e ainda fazia doces para vender. O marido, dono de uma loja de baterias, tinha condições financeiras para pagar alguém que a ajudasse, mas preferia torturar a mulher, de quem exigia perfeição em tudo o que fizesse e a quem cobrava obediência. Não pedia, ordenava. Dona Inácia se desdobrava em muitas e jamais reclamava. A voz baixa, o sorriso doce (mais doce que o mamão em calda que fazia) e o olhar manso nunca se alteravam, mas eram incapazes de esconder o cansaço.

Os vizinhos se revoltavam ao ouvir os gritos do marido. Os filhos, à medida que cresciam, tentavam enfrentar o pai. Mas a mãe, na sua subserviência enraizada, se interpunha entre todos e seu carrasco. Ele saía à noite, tinha outras mulheres, gastava com presentes para as outras. E dona Inácia engolia as ofensas, engolia a exaustão, escondia dos filhos tudo o que era possível, e foi envelhecendo assim, massacrada pelo trabalho e pelas humilhações, silenciada pelo medo e pelo hábito. O olhar sempre baixo era a marca de uma vida de quem nunca aprendeu a confrontar.

Às vezes eu ia até a casa deles para usar o telefone, que ficava na sala, e me lembro de ficar olhando fascinada para os retratos dos dois, lado a lado, na parede. Eram aqueles retratos antigos – retocados com cores irreais, e a moldura oval de madeira tinha o mesmo tom sombrio do olhar do marido da dona Inácia. Ela, provavelmente seguindo a sugestão do fotógrafo, tentou sorrir para a foto, mas foi vencida pelo constrangimento e seu meio-sorriso ficou registrado.

Quando seu marido morreu (premiado por uma morte súbita que deveria ser reservada aos bons), dona Inácia passou horas sentada ao lado do caixão. Os filhos e os vizinhos tentaram levá-la para almoçar, insistiram para que descansasse, mas ela não se afastou um minuto sequer: olhava para seu carrasco com o olhar doce de sempre e agradeceu a presença das pessoas com a mesma voz suave e sem arestas. Voltando do velório, pediu aos filhos, todos casados, que a deixassem sozinha, e para tranquilizá-los, prometeu que chamaria caso precisasse de alguma coisa. Como um deles – o mais velho – morava nos fundos de sua casa, acabaram concordando.

Já era noite quando ele ouviu um barulho forte vindo da casa da mãe. Assustado, saiu às pressas. Atravessou correndo o quintal e avistou dona Inácia na porta da cozinha, segurando algo no ar: era o machado que ela usava para rachar lenha. No chão, pedaços de vidro e de madeira cercavam o retrato do marido, destruído a machadadas. Foi preciso força para contê-la, para tomar o machado que ela insistia em continuar usando, ao mesmo tempo em que chutava com fúria os cacos de vidro e os restos da fotografia. O filho levou dona Inácia para dentro da casa, e enquanto fazia um chá para acalmá-la, ela se levantou e saiu com passos lentos em direção à sala. Lá ele a encontrou sentada, abraçada ao seu próprio retrato. Sem chorar, sem dizer uma só palavra, olhando fixamente a parede vazia.

Aos poucos, foi deixando de cozinhar, de cuidar das plantas, de fazer os doces que vendia, de trocar de roupa e se pentear. O pó cobriu os móveis da casa. A indiferença encobriu seus gestos. E a lucidez sofrida foi se apagando. Em poucos meses, ela deixou de ser a esposa, a mãe, a empregada, a vizinha. Virou sombra, virou nada. Depois de cinquenta anos sem ter (ou se dar) o direito de existir, dona Inácia tinha morrido ao tentar matar seu casamento – ele, sim, um machado afiado.

Mãe,

Você se lembra da dona Inácia, nossa vizinha? Se lembra da história inacreditável do machado e da foto? Pois é. Fico pensando nas variáveis infinitas que cercam um casamento que dá errado. As mil possibilidades que acompanham o desastre conjugal. O que mais me intriga são esses desmantelamentos tardios, esse agonizar a dois até que a convivência, de insuportável, passe a ser impossível, ou, no caso da dona Inácia, até que as circunstâncias interfiram. É preciso às vezes que um morra, ou se apaixone, ou que o respeito deixe completamente de existir, para que a certidão de óbito do casamento seja emitida. Até que algo ou alguém corte a cabeça do monstro, o casal descobre formas de se maltratar e se ferir. O repertório é vasto: indiferença, humilhações, deboches, agressões físicas e morais, cerceamento, posse, desamor... Até que um dia um machado qualquer se encarrega de por fim ao ciclo – porque às vezes nem a morte do cônjuge garante a morte do casamento.

No seu caso, você chegou, com meu pai, a um passo desse esquartejamento simbólico (só evitado, possivelmente, porque não havia machado em casa). E, por isso mesmo, eu escolhi para o Miguel e para mim um destino diferente. Um agonizar digno. Tão digno que tinha cara de "casamento que deu certo". A gente não se maltratava com palavras. Não havia grosserias entre nós, não havia farpas nem indiretas. Meu ciúme fabricado durou pouco. A devassa nas roupas e no computador se esgotou (e me esgotou) em pouco tempo. E nós nos acomodamos numa convivência civilizada: carinhosa e absurdamente triste.

Mil vezes tentei entender por que o Miguel aceitou esse casamento sem amor (antes, só havia o amor dele; depois, nenhum amor). O que faz com que um homem fique com uma mulher que deixou de amar e que nunca o amou? Por que não me trocar por uma de suas alunas jovens, sem problemas de sexualidade e prontas para ter filhos? Seria esse o enredo óbvio – mas ele o recusou. Alguma coisa o impedia de bater a porta da sala e ir embora. Ou de pedir que eu saísse. Nunca consegui saber o quê.

O fato, mãe, é que a infelicidade começou a me engolir, mastigando de forma lenta e minuciosa cada um dos meus dias. Eu me agarrava, ou me dependurava, no trabalho. Mas a ironia de ser a editora-chefe de uma revista feminina não ajudava. Eu era o contrário das mulheres que mostrávamos na revista. Não era mãe, não tinha vida sexual, não estava apaixonada, não tinha energia para "combater os sinais de envelhecimento" e me sentia triste, derrotada, incapaz de me livrar da depressão, do pânico e dos remédios de tarja preta. No fundo (ah, esse fundo que não tem fundo...), sonhava com o amor. Um amor possível – não a fantasia dos filmes e das revistas. Mas tinha certeza de que até ele, o amor falho da vida real, estava *fora do meu alcance. Eu não tinha competência para ser mulher. Não sabia ser mulher. E, acima de tudo, não merecia.*

Melhor parar por aqui. Chega de queixas por hoje. Estou louca pra chegar à parte boa da nossa conversa. Pra te falar de coisas leves e da minha alegria recém-aprendida. Mas ainda tem um pedaço de chão meio árduo pela frente. Sorte minha que você sempre foi paciente – e sempre soube ouvir. Sei que você me escuta agora, ao ler o que escrevo. Porque é minha voz que está aqui.

Sua filha.

Mãe,

Como não falar com você sobre... filhos? Os filhos que eu não tive. O erro imenso que cometi ao escolher não tê-los. Conversamos tão pouco sobre isso... Sobre meu medo de ser uma mãe depressiva, uma mãe incompetente. De fazer meus filhos sofrerem. Nunca me achei capaz de "formar uma família". E o Miguel tinha dúvidas, ele próprio. Primeiro queria estudar, morar fora do Brasil. "Quando a gente voltar...", dizia. Ele sabia da minha insegurança, mas estava certo de que me convenceria. Voltamos. Mas, quando comecei a frequentar consultórios de terapeutas e a inaugurar meus dias tomando antidepressivos, ele deixou aos poucos de tocar no assunto. E eu enterrei os filhos que não tive. Nunca cheguei a engravidar. Enterrei o sonho, a vontade, o desejo imenso de ser mãe.

Hoje nada dói tanto quanto essa falta. Não há terra que cubra esse buraco. Não há água que encha esse poço. Quando alguém me diz que "filho dá muita preocupação" e completa "sorte sua de não ter tido filhos", tenho vontade de gritar, de pedir que a pessoa se cale, ou troque de vida comigo. Queria ter todas as preocupações, perder o sono todas as madrugadas, tudo o que fosse preciso – pela alegria de ter filhos. Mesmo que essa alegria fosse intermitente. Mesmo que eu me esquecesse de senti-la às vezes. Eu trocaria tudo, mãe, pela possibilidade de conversar, rir, chorar, brincar, viajar com uma filha. E ela se chamaria Letícia, pra já chegar ao mundo trazendo alegria – pelo menos no nome. Pra Letícia eu contaria todas as histórias, falaria de todos os sonhos, todos os medos. E ouviria cada uma de suas palavras com o coração escancarado, mesmo sabendo do risco de sofrer.

A verdade é que você me ensinou a ser mãe, e eu só me dei conta disso quando já não dava mais tempo.

Ana, sua filha.

[O envelhecer]

As pausas prolongadas nas conversas telefônicas. As frases repetidas. Os esquecimentos constantes. O olhar vitrificado e ausente. Eu não estava preparada para ver minha mãe envelhecer. E ela envelheceu sem que tivéssemos tempo para amortecer nossos choques, sem dar prazo para eu dissipar meus medos. Meus irmãos, desconcertados, acompanhavam tudo em silêncio. Tentavam compensar o desaparecimento gradual da mãe que conheciam se escorando nas próprias famílias. Os filhos os obrigavam a olhar para frente. Mas eu, sem o futuro dentro de casa, não conseguia pensar no amanhã, o depois de amanhã, a próxima semana, o próximo mês – tudo era sinônimo de despedida.

E a despedida acontece nos detalhes, nas minúcias, na soma do que quase passa despercebido. É o jeito trêmulo de segurar uma xícara, é a roupa desabotoada, o banho esquecido, a mancha de café nos cantos da boca, o livro abandonado sobre a cama, incapaz de ser decifrado, o copo d'água mil vezes derrubado, a impaciência pela primeira vez tomando conta da voz e dos gestos, o corpo, ora inquieto, ora inerte, é a vontade esquecida.

Cada viagem a Redenção me dilacerava. Eu tinha medo de ir, medo do sofrimento de encontrar cada vez menos da mãe que eu conhecia. Mas o sofrimento de ter que voltar para São Paulo era maior. Abandonar a nova mãe era trair a mãe antiga. E era com a antiga que eu conversava a maior parte do tempo. Às vezes ela acompanhava o que eu dizia. Contava histórias de sua infância, queria saber quando eu iria embora, quando voltaria, pedia o livro de orações, que ficava fechado no colo, lembrava passagens com meu pai, me perguntava sobre o Miguel. Outras vezes parecia tentar se locomover em meio à neblina. Começava frases que não conseguia concluir, misturava passado e presente e repetia a frase que me cortava por dentro: "Me leva pra casa, minha filha, eu não moro aqui". Dezenas de vezes tentei explicar que aquela era sua casa. Depois comecei a dizer que sua casa estava em reforma, que ela teria que esperar mais uns dias. Ela se acalmava, me olhava com o olhar mais triste do mundo e dizia baixinho: "Eu não gosto daqui".

O silêncio era o pior. Eu não sabia o que fazer com seu silêncio espesso. Não sabia como trocar nossas conversas de uma vida inteira pela mudez que fazia as tardes pesar. Que me deixava sem posição na cadeira, sem saber para onde olhar, incapaz de calcular a duração daqueles minutos que pareciam dias. Eu tinha medo de interromper seu silêncio. E tinha medo de que ele fosse definitivo.

Os delírios e as alucinações traziam para dentro de casa um mundo irreal, com personagens quase vivos. "Que homem é esse de terno escuro, que toda hora passa aqui perto falando que é meu filho?", ela perguntava. E eu inventava respostas. Reclamava da chuva forte com o sol lá fora. Eu fechava a janela. E pedia insistentemente que cortássemos suas unhas; dizia que estavam enormes, que não paravam de crescer, e várias vezes por dia eu tinha que pegar a tesoura, segurar suas mãos trêmulas e simular cortar as unhas estriadas e secas.

Às vezes eu entrava em seu quarto e a mistura de cheiros me atordoava. O cheiro da minha mãe era outro – acre, desconhecido. E ele se misturava ao cheiro dos remédios, dos restos de alimentos sobre o criado-mudo, dos casacos de lã guardados durante anos, que agora cobriam seus joelhos, e das cuidadoras que passavam a noite com ela – uma sucessão de mulheres que tratavam minha mãe com eficiência burocrática e, quando se esforçavam, com o mais impessoal dos carinhos. Somada ao perfume adocicado do pé de dama-da-noite que crescia junto à janela do quarto, aquela mistura de cheiros era a lembrança diária de vários fins.

As palavras foram morrendo aos poucos. Os verbos, flexionados e pronunciados com perfeição, lembravam a professora de português que minha mãe tinha sido. Mas os substantivos foram definhando, e aquele vocabulário agonizante, cheio de lacunas, a enchia de angústia. Num domingo, quando eu já me preparava para ir para São Paulo, vi que ela se esforçava para pedir algo que estava sobre a penteadeira, e a palavra não saía. Tive então a ideia de pregar um papel com o nome de cada coisa que a cercava: livro, cadeira, terço, remédio, copo, chinelos, janela, chão, cama, gaveta, óculos, espelho, relógio... e ela foi lendo cada papelzinho, se divertindo com a brincadeira – uma criança recém-alfabetizada que descobre outro mundo, no mundo que já conhecia. Escrevi cinco papéis para cada objeto e recomendei à cuidadora que fosse substituindo os que se desprendessem.

Deixei minha mãe cercada por substantivos e peguei a estrada para São Paulo – vazia de verbos, de substantivos, de adjetivos. Não havia palavras. Minha dor era intraduzível.

Mãe,

Quando você começou a nos deixar, obrigando seus filhos a imaginar a vida sem sua presença (algo inimaginável até então), passei a carregar dentro de mim uma dor que não dava trégua, não recuava, não cedia. Você se lembra da tia Zizinha descrevendo sua dor misteriosa no abdome? Pobre tia Zizinha... Percorreu os consultórios médicos de Redenção, fez todos os exames possíveis e morreu sem saber o que tinha. Não havia reunião de família em que ela não descrevesse em detalhes seu sofrimento, e a gente acabava rindo depois. "É uma dor fininha", ela dizia. E, traçando com o dedo indicador a trajetória da dor no abdome e no peito, explicava: "Ela começa aqui, responde aqui e só vai acabar mais em cima". Eu seguia, fascinada, seu dedo apontando para o invisível, seguindo as pegadas que os médicos não enxergavam. A dor fininha.

    Quando você começou a nos deixar, eu sentia a dor caminhar dentro de mim – a dor móvel da tia Zizinha –, mas ela tinha uma trajetória difusa. Impossível precisar onde iniciava, onde acabava ou em que pontos do corpo "respondia". Tudo era dor. O sofrimento líquido, escorrendo dentro de mim.

Quando você foi embora, mãe (para onde? Onde você está agora?), e eu te vi cercada de orquídeas brancas, segurando o terço da sua mãe Tereza, e senti suas mãos geladas (mãos de despedida), soube que minha alma nunca mais deixaria de doer. A primeira vez em que eu entrei na sua casa vazia, sem cuidadoras, sem seus casacos de lã na cadeira de vime, sem o copo d'água no criado-mudo, sem o cheiro acre da sua velhice, eu entendi que a vida nunca mais seria a mesma. Recolhi em silêncio os substantivos colados nos objetos, abri seu guarda-roupa de pouquíssimos cabides, tirei de suas gavetas as fotos dos netos, o carnê do plano de saúde, o livrinho de orações de páginas amareladas, a tesourinha de cortar unhas, os poemas que você escrevia. Fui empacotando suas memórias, recolhendo seus pedaços de vida, e, enquanto o cheiro de dama-da-noite entrava pela janela à sua procura, eu me lembrei de uma imagem que tinha visto no México, num pueblo chamado San Andrés Mixquic.

Miguel e eu fomos lá para ver a celebração do Dia dos Mortos. Caveiras de açúcar, alimentos nos túmulos, pan de muertos... tudo aquilo eu esperava. O que me impressionou – ou o que mais me encantou – foram os caminhos de pétalas de cempasúchil, a chamada flor de los muertos, que começam nas ruas e vão até as portas das casas. Esses tapetes de pétalas de um amarelo forte, quase luminoso, servem para conduzir os mortos até os altares feitos em sua homenagem pelas famílias. Cada altar é enfeitado com fotos, objetos de estimação do morto, flores e as comidas de que ele mais gostava. O caminho de pétalas (pura poesia) serve para evitar que a alma se extravie no seu retorno à antiga morada: é um mapa afetivo.

Enquanto desmanchava sua casa, mãe, senti vontade de poder contar com um caminho florido como os de Mixquic, mas para me guiar na direção contrária. Para me levar de volta ao mundo, de volta à vida que esperava lá fora. Eu precisava de um mapa, porque não sabia como sair do seu quarto e da sua casa. A verdade é que até hoje não sei. A casa já não existe, mas eu nunca deixei de frequentá-la. E a cada visita sinto a dor da tia Zizinha – fina, persistente. A dor que ninguém vê.

Mãe,

Depois que você se foi (para onde?), retomei minha vida em São Paulo como se estivesse convalescendo de uma longa doença. Tive que ensinar meu corpo a se movimentar, a ter apetite, a vencer a distância entre a casa e o supermercado, a casa e o trabalho, a casa e os consultórios psicanalíticos. As crises de pânico não davam trégua. A velha depressão se aliou à angústia incontornável de te perder. E eu não sabia o que fazer. Eu não tinha a menor ideia do que fazer para "viver o luto", "vencer o luto", "encarar a perda" – e todos os outros conselhos que ouvia. "O tempo é o melhor remédio". "Você fez tudo o que podia por sua mãe." "Ainda bem que ela não chegou a sofrer." "Ela está te vendo lá de cima" (lá de cima onde, mãe?). As palavras bem-intencionadas eram um cobertor que me asfixiava. E respirar ficava cada vez mais difícil.

    Pobre Miguel. Pedi paciência a ele (mais do que já tinha...). Prometi que melhoraria logo (e ele sorriu seu meio-sorriso). Viajamos para a praia num feriado prolongado (viagem prescrita como remédio: ninguém fala sobre essa modalidade de turismo triste). E, depois disso, finalmente nos acomodamos no nosso apartamento com nossos livros e nossos CDS. Era a vida que conhecíamos e era para ela que eu teria que voltar. Sem pétalas no chão para me conduzir.

Miguel continuava chegando tarde às vezes. Começou a comprar roupas, a mudar o estilo de se vestir. Os sinais eram óbvios: ele estava saindo com alguém. Mas eu preferia não saber, não imaginar, não ouvir. Porque na minha cabeça, mãe, estava se formando um raciocínio louco. Em vez de achar que sua morte me libertava da obrigação de estar casada, comecei a acreditar que, mais que nunca, eu teria que manter meu casamento. Afinal, era o que você mais queria, e me aproveitar da sua ausência para fazer o que em vida te entristeceria tanto, que era me separar, equivaleria a te trair.

Teria que partir do Miguel a decisão, mas como ele parecia perfeitamente à vontade dividindo os prazeres da vida doméstica com sua melhor amiga, que era eu, e os outros prazeres com outras mulheres, me conformei com a ideia de que assim seria. Continuaríamos juntos. Sem amor, sem desejo – uma vida em banho-maria. Eu não tinha coragem nem competência para nada que fosse além disso. Ou seja, era a vida que eu fazia por merecer.

[A campainha]

Casas falam. Casas ouvem. Casas sentem. Nosso casamento passou a ter na nossa casa seu mais fiel espelho. Os planos que tínhamos de pintar o apartamento de verde ou azul-hortênsia ficaram esquecidos. Dormíamos e acordávamos cercados por paredes anêmicas, de um amarelo tristíssimo. E as plantas, que antes se esforçavam para dar vida aos cômodos (havia plantas em todos eles), resolveram se vingar da pouca água que recebiam. Amareladas como as paredes, mesmo quando generosamente aguadas, davam a impressão de estarem secas. Eu trocava os vasos de lugar, colocava-os no sol, protegia-os do vento, mas elas pareciam sempre pouco à vontade, como se quisessem ir embora e estivessem com pressa.

Na geladeira, os alimentos saudáveis que Miguel passou a consumir esbarravam nos meus pavês, pudins, sorvetes. Quanto mais deprimida eu ficava, mais doces comia. Quanto mais o Miguel se encantava por outras mulheres, mais trazia para casa proteínas que eu não conhecia, sucos de gosto duvidoso, frutas exóticas, potes de iogurte sem qualquer atrativo. Nossas refeições falavam línguas diferentes. Ele comia para ficar mais magro e mais jovem. Eu, para esquecer.

No armário de roupas, a parte das cores ficava reservada a ele. Camisetas para pedalar, tênis, camisas rosa, verde-limão... e, do lado, meus trajes de quem não amava, não sonhava, não conseguia ser mulher. A austeridade do que eu vestia (passando por todos os tons de bege) era incompatível com minha idade e meu estilo de vida. Mas se casava perfeitamente com meu estado de espírito. Pelo menos nisso eu era coerente.

Até o sofá da sala parecia sentir a melancolia, ou a esterilidade, do nosso casamento. Raramente nos sentávamos juntos para conversar, ouvir música, tomar vinho. E o sofá foi ganhando aquela rigidez de formas dos objetos com pouco uso. Assim como as plantas, também dava a impressão de estar sempre pronto para partir. O fato é que, a exemplo das nossas vidas, nosso apartamento era um imóvel empacotado para a mudança, ainda que não houvesse caixas à vista. Ele existia em estado de suspensão: um território pronto para se desfazer das histórias antigas – mas sem coragem suficiente para começar outras histórias.

Uma noite, ao chegar do trabalho, parei em frente à porta e toquei a campainha. Esqueci que tinha a chave comigo. Esqueci que morava ali. O Miguel ainda não tinha chegado e, só depois de tocar a campainha pela segunda vez, me dei conta de que aquela era minha casa. Eu era moradora, não era visita. Entrei, joguei a bolsa no sofá de formas rígidas, deixei que as paredes amarelas me cercassem mais uma vez e chorei. Um choro diferente. Pela primeira vez, ele misturava a tristeza imensa de ter feito tudo errado com uma sensação de alívio. A percepção de que seria uma questão de tempo, de pouco tempo, até que aparecesse – ou eu construísse – uma saída.

Aguei as plantas, tomei sorvete de coco com uma voracidade descabida, como se fosse a última refeição da vida, vesti um pijama azul-turquesa que andava esquecido e fui dormir. Não vi quando o Miguel chegou, nem quando ele saiu no outro dia. E, quando me olhei no espelho antes de ir para o trabalho, pela primeira vez senti que a roupa bege que eu estava usando não mais me vestia. Era um traje emprestado – e tinha passado da hora de devolvê-lo.

Mãe,

A vida que eu achava que merecia foi ficando cada vez mais triste. Minhas crises de pânico faziam com que eu me encolhesse, me retraísse. Eu tinha vergonha de sentir medo, vergonha de tomar remédios, vergonha de estar deprimida. Quando vendemos sua casa em Redenção, pensei: agora não tenho mais onde me esconder. Perdi meu abrigo. E o apartamento de São Paulo, onde Miguel e eu aperfeiçoávamos a arte de nos distanciar, foi deixando de ser casa. As paredes me estranhavam, os móveis não me reconheciam. Quando o Miguel chegava e eu eventualmente (muito eventualmente) tentava conversar com ele sobre nós dois, e sobre o que eu estava sentindo, a resposta era sempre a mesma: "É só uma fase. Vai passar". Não era um pedido de ajuda – era um pedido de desculpas pelo meu fracasso como pessoa e como companheira. Mas ele estava muito distraído com a vida lá fora para entender.

Teve um dia em que eu cheguei a tocar a campainha do nosso apartamento, como se fosse visita. Chorei muito essa noite. Vi o quanto era essencial achar uma saída para nós dois. Mas, no dia seguinte, acordei disposta a continuar: ali, naquela casa que já não era minha, com um homem que nunca amei. Eu não me permitia ser feliz (o maior de todos os clichês). Não me permitia nem tentar. Minha culpa, minha máxima culpa, interditando todo e qualquer caminho.

Mas existem momentos na vida em que a ordem das coisas é subvertida sem que a gente tenha a menor ideia de como isso ocorreu. Há uma ruptura, um rasgo, uma fissura incontornável que não provocamos, não esperávamos, não vimos surgir, mas que de repente está ali, na nossa frente, dividindo o mundo e a vida em antes e depois.

Foi num almoço de sábado. No café da manhã, que tomamos juntos, Miguel tinha me convidado para ir ao cinema mais tarde. "Podemos comer uma pizza depois, como nos velhos tempos", brincou. Eu tinha acordado melhor, mais animada, e aquele convite, inesperado, me fez bem. "Acho que a gente vai encontrar uma solução", pensei. "Não dá pra jogar fora tanta história, tanta afinidade". Arrumei o apartamento ouvindo música, separei uma roupa menos bege para colocar na hora de sair, fiz carne moída com azeitona, arroz branco e salada de tomate como nós dois gostávamos (os cardápios singelos e perfeitos de Redenção), e nos sentamos sorridentes pra comer – o sorriso, também dos velhos tempos, que andava esquecido. Miguel elogiou a comida. Elogiou as flores que eu tinha comprado na véspera. Eu falei alguma coisa sobre o filme que íamos ver. Valorizei a escolha que ele tinha feito, citei uma crítica qualquer. E os assuntos esgotaram. De repente não havia mais o que dizer. Ficamos os dois em silêncio – um silêncio intolerável, que tentávamos atenuar com o barulho dos talheres. Foi então que ocorreu a cena – banal – que decidiria nossas vidas.

Miguel sempre foi calmo para comer. Mastigava sem pressa, se servia aos poucos, degustava cada alimento. Enquanto isso, eu imprimia minha eterna ansiedade às refeições: colocava tudo de uma vez no prato, não mastigava o suficiente e depois ficava esperando até que ele terminasse de comer. Nunca terminamos juntos. Jamais. Até aquele sábado. Naquele dia, sabe-se lá como ou por quê, acabamos de almoçar ao mesmo tempo. Exatamente ao mesmo tempo. E no mesmo exato instante colocamos os garfos e as facas sobre os pratos. Como se tivéssemos ensaiado. Uma sincronia perfeita anunciando o que viria. Naquela hora, eu soube que nosso casamento tinha acabado. Ele também.

Mais tarde, dei uma desculpa qualquer para não ir ao cinema. Miguel não insistiu. Disse que iria à livraria do shopping e demorou menos do que eu esperava. Quando voltou, foi até a cozinha onde eu estava e falou, sorrindo, que tinha trazido um presente: a tartelette de morango que eu amava. Ficou parado, com a mão estendida, e, quando eu peguei a caixinha, a gente se abraçou sem dizer uma só palavra, os dois chorando um choro convulsivo. Tenho certeza de que nunca nos quisemos tão bem como naquele abraço. Voltávamos a ser os dois adolescentes de Redenção que ouviam "Ruby Tuesday" enquanto tentavam decifrar a vida. Um ensinando o outro a sonhar. Um querendo muito que o outro fosse feliz. Os dois tateando, juntos, um mundo que nos assustava.

Guardei a tartelette na geladeira, sabendo que jamais conseguiria comê-la, e Miguel ensaiou dormir no sofá da sala. Mas, ao ver minha expressão, desistiu: aquela cena tinha saído de algum filme que não era o nosso. Estendi os lençóis da cama sem pressa, Miguel colocou seu copo de água no criado-mudo e *nos deitamos abraçados. Naquela hora não havia mágoa, não havia rancor, não havia raiva. Nada disso caberia na nossa história. Fomos dormir em silêncio, embalados apenas pela tristeza – profunda e absoluta: a tristeza do fim, sem a certeza (ainda) do recomeço.*

Mãe,

Quando o Miguel saiu de casa levando duas malas e a bicicleta, tive certeza de que casamentos não terminam quando acabam (ou não acabam quando terminam). Há uma sobrevida que se impõe. Naquele momento ficou nítido que eu levaria muito tempo para me separar dele de fato – ou me separar da vida a dois. Porque a tal da vida a dois é sedutora. Mais sedutora, às vezes, do que a pessoa com quem se vive. O formato casal nos integra, nos torna socialmente aceitos, faz a gente entrar nos restaurantes, nos bares e nos cinemas de cabeça erguida, e nos deixa esquecer que já fomos capazes de viver sozinhos. O prazer de estar com o outro muitas vezes é substituído pela necessidade de estar acompanhado – e o pior é que a gente nem nota. Continua com a aliança firme no dedo.

    Eu aprendi a ver no Miguel uma proteção contra minha tristeza, meus medos e, principalmente, contra o risco de ser a mulher que eu inevitavelmente seria se estivesse sozinha. Sabe o guarda-chuva que a gente mantém aberto depois que a chuva já passou? Mesmo quando eu estava me sentindo mais forte, a sensação era de que ainda não estava preparada para ficar sem o Miguel. O céu amanhecia sem nuvens, mas o guarda-chuva continuava aberto. E o mais irônico é que eu nunca fui a mulher frágil que se torna uma quase filha do marido. Nunca fiz o estilo "mulherzinha". Você, melhor que ninguém, sabe disso. Mas o tal do casamento vicia. Mesmo quando a gente não ama. Mesmo quando nunca amou. Eu torcia para que o meu acabasse, mas quando o Miguel saiu com as malas e a bicicleta que o levariam para destinos que não dividiria comigo, tive o impulso de correr atrás dele. E o vazio da casa me engoliu.

Foram meses de muito choro, mãe. De crises de pânico terríveis. Foi quando eu mais precisei de você, mas a casa de Redenção também estava vazia. E mais uma vez eu tive que me apoiar na terapia. Mais um consultório, mais um tapete persa, mais uma pintura abstrata na parede. Eu queria meus irmãos, que moravam longe, queria você, que estava mais longe ainda (onde, mãe?), mas era obrigada a me consolar com o carinho pouco à vontade do terapeuta. Carinho, aliás, é algo que não cabe quando se fala em terapia. Mas era o que eu buscava. Carinho disfarçado de ajuda profissional. Mais a receita de fluoxetina, claro.

O luto foi longo. O mergulho, muitos metros abaixo da superfície. Eu sofria por ter te decepcionado, por não ter ficado com o "homem bom" que você queria pra mim. E sofria por não ter amado o Miguel como ele merecia. Ao mesmo tempo, tinha raiva dele por ter sido conivente com meu desamor. E raiva de você por ter deixado claro, desde muito cedo, que sua felicidade dependia de mim. Se eu estivesse bem casada, você ficaria bem: como é que eu pude aceitar isso? Fiquei com raiva de mim, também.

Uma raiva que contraía meu rosto, enrijecia meus gestos, me tirava o sono e o apetite.

Quando o Miguel e eu vendemos nosso apartamento, comprei um imóvel pequeno em Pinheiros e decorei sem economizar nas cores: queria uma casa aconchegante, que me fizesse companhia. Mas, na primeira noite, quando fui escovar os dentes antes de dormir, vi meu rosto no espelho do banheiro e me dei conta de que aquela mulher em que eu estava me transformando não poderia morar ali. Nem se hospedar ela poderia. Porque, com ela, não haveria recomeço possível. Tristeza, sim. Pânico, vá lá. Mas raiva... não, eu não podia deixar que a raiva tomasse conta de mim. Porque ela fica a menos de um passo da amargura, e amargura é coisa que nunca tolerei.

Naquela noite eu sonhei que morava num apartamento grande, com móveis pesados, e de repente tudo começou a derreter: mesa, cadeiras, sofá, fogão, geladeira, camas, armários... foi tudo virando um líquido grosso, e eu me vi no meio daquela enxurrada escura, aquela correnteza espessa, que era minha casa liquefeita e que tentava me arrastar. Acordei apavorada, com o coração disparado, suando muito e tentando entender onde eu estava. Quando me acalmei, comecei a andar devagarinho pela sala, ainda com a sensação de estar pisando num chão encharcado. E vi que era hora de me despedir da casa de Redenção, da vida com o Miguel, e de um monte de sentimentos que não cabiam mais dentro de mim. O passado estava derretendo e ameaçava me arrastar com ele. Metáfora mais óbvia, impossível. Eu teria que reagir.

Mãe,

Reagir, entre outras coisas, era poder sentir raiva de você, coisa que eu nunca me permiti. No começo, uma raiva tímida. Mas aos poucos ela encorpou a voz, me obrigando a reconhecer sua existência. E foi preciso tempo para dar conta do estrago que isso provocou em mim. Porque o ciclo raiva-culpa é infernal. A gente sente culpa por sentir raiva do outro. E sente raiva da gente por sentir culpa. Culpa eu não aguentava mais, não tinha mais onde guardar. E o sentimento de raiva nos envenena e avilta. Raiva de você, mãe? Logo de você?

    Na carta que me escreveu, você fala da simbiose que criou entre nós duas. Custei a desembaraçar os fios que misturavam nossas histórias de vida, nossa convivência, os sentimentos que nos uniam e o primeiro sentimento que ameaçava nos separar. Mas, à medida que ia puxando nossas memórias, milhares de cenas iam se sucedendo e formando um filme que misturava todos os gêneros; foi ficando claro que eu sempre te coloquei num patamar onde você nunca pediu para estar – eu sempre me neguei a ver sua humanidade. E agora era preciso. A correnteza escura do apartamento liquefeito tinha que levar também a ficção que eu havia construído ao seu redor. A perfeição que eu te atribuí sem sua cumplicidade. E a raiva, sim, a raiva latente que eu carregava por ter sido obrigada a te fazer feliz.

Era uma raiva inconsciente, que às vezes ameaçava emergir (hoje eu vejo), mas eu a empurrava antes que ela chegasse à superfície. E empurrava junto meus desejos, meus sonhos não declarados, minhas vontades. "Sua felicidade era a minha felicidade", você afirmou na carta que me escreveu. E eu tentava ser feliz do jeito que você esperava de mim, com seus ingredientes e seu modo de fazer: era inevitável que a receita desandasse. Eu queria te compensar pela infância que você teve, o pai que você não teve, o casamento desastroso com meu pai, o sofrimento pelo que ele me fez... ah, mãe, eram tantas coisas, e eu teria que ser tão boa e tão feliz para compensar todas elas. Bem que eu tentei.

Namorei e me casei com quem você queria que eu me casasse, fui séria, fui correta, fui boa, mas a felicidade eu fiquei te devendo. Porque aí vieram o pânico e a depressão, o medo de ter filhos e, por último (que bom que você não estava perto), o fim do casamento com o Miguel.

Quantas noites insones eu passei no meu canto de Pinheiros tentando processar sua ausência, a falta do Miguel, dos filhos que nunca existiram e a minha absoluta falta de jeito para viver. E vinham frustração, tristeza, raiva, impotência... Eu tinha que acomodar todos esses sentimentos no espaço exíguo do apartamento, dividir minhas noites com eles, e de manhã fechava a porta e saía para o trabalho com a esperança de não encontrá-los mais quando voltasse. Mas eles eram persistentes. E eu fui deixando de me reconhecer. Olhava minhas roupas, meu cabelo, meu corpo sem vida, meu olhar opaco, a bolsa que eu levava para o trabalho cheia de coisas que pareciam não me pertencer, os remédios que, junto com os medos, matavam o desejo... eu não queria nada daquilo, eu não era nada daquilo, mas não tinha forças para procurar algo que pudesse colocar no lugar. E comecei a passar mal na redação da revista. No meu trabalho, que até então era o único chão relativamente firme. Sentia vertigens, vomitava, tinha crises de choro, saía mais cedo e, a cada meia hora, ouvia alguém dizer que eu precisava tirar uma licença médica.

Custei a entender que não fazia o menor sentido editar uma revista sobre mulheres quando eu própria não conseguia ser mulher. Não era mãe, não era esposa, não era amante, não era namorada, tinha pavor de desejar ou ser desejada, não tinha uma missão nobre na vida, nem uma causa. Tinha inveja das minhas amigas cheias de filhos, medo de chegar à noite em casa. Eu era a mulher que minha revista, no fundo, desprezava: fraca, cheia de inseguranças, envelhecida, pouco feminina, e, agora, com desempenho medíocre no trabalho.

Era hora de me afastar. De tirar a tal licença médica. De pedir socorro. Foi à Raquel que eu recorri, mãe. A amiga da vida toda. E foi ela que me salvou. Você costumava dizer que ela era sua filha emprestada, e a Raquel foi mais que uma irmã para mim. Quando estava frio, fazia sopa e me obrigava a tomar. Se o tempo esquentava, enchia meu congelador de sorvete. Quando as flores da minha jarra murchavam, ela adivinhava e chegava com flores novas – e aquele colorido vivo dentro de casa ressuscitava minha esperança.

Ai de mim sem a Raquel, falando no dialeto afetivo que nos acompanha desde a infância em Redenção. Ai de mim sem a paciência ilimitada de suas filhas e do Emílio (ela também se casou com um homem bom). O fato é que com a terapia, mais os remédios, mais o carinho, as sopas, o sorvete e as flores da Raquel, eu comecei a me sentir mais forte e equilibrada. Cortei o cabelo (por que será que nós, mulheres, sempre modificamos o cabelo quando queremos fazer uma grande mudança?). Passei a pintar as unhas com esmalte colorido. Doei minhas roupas bege. Comecei a fazer caminhadas diárias no Parque Villa-Lobos. E – vitória imensa – consegui diminuir as doses dos remédios.

Mas o mais importante de todo esse processo, mãe, foi que aos poucos eu fui entendendo nossa história e nos perdoando por nossas inabilidades, nossos tropeços, nossos mil equívocos numa convivência em que nunca, nem por um minuto, deixamos de nos amar. Depois de uma vida tentando te agradar, foi preciso ter raiva de você, me revoltar contra você, para chegar ao amor que sinto agora. Sereno, imenso e cheio de gratidão. Pela primeira vez, sei que não preciso ser nada além do que sou para merecer seu amor. E isso me enche de paz.

Amanhã continuamos nossa conversa. Ou hoje mais tarde. Vou procurar outro caderno que você deixou escrito – e que foi fundamental para eu ter vontade (e coragem) de mudar pra valer os rumos da minha vida. Eu nunca soube que você tinha feito anotações sobre os livros de M. Delly, a escritora que você amava e com quem, costumava dizer, tinha aprendido a sonhar. Por causa dessas anotações, embarquei numa longa viagem – um deslocamento mais existencial do que geográfico. E é desse deslocamento que quero te falar.

[Delly]

Foi quando eu desmanchava a casa da minha mãe, enquanto abria uma pasta guardada dentro de uma mala antiga, que encontrei um caderno com anotações feitas por ela, na caligrafia inconfundível de quem desenhava cada letra como se quisesse encher as palavras de sentimentos. Algumas páginas tinham sido arrancadas e, no alto de cada uma das que sobreviveram, havia uma ilustração minúscula: uma casa, uma estrada, flores, uma torre, um par de luvas – tudo desenhado com esmero, em cores suaves. Na primeira página, ilustrada com a fachada de um castelo, estava escrito em letras grandes: M. Delly. Depois vinham os títulos de alguns livros da escritora francesa e frases que minha mãe copiou de cada um deles.

    Trouxe o caderno comigo para São Paulo e ele ficou guardado, também dentro de uma dessas pastas que convidam ao esquecimento. Até que um dia, ao organizar meus papéis, esbarrei naquelas anotações e tive a curiosidade de saber quem foi M. Delly. Que mulher teria sido aquela que ensinou tantas mulheres a sonhar com o grande amor? Minha mãe tinha passado a juventude lendo Delly (e releu quase tudo mais tarde). E minha geração ainda acompanhou os amores açucarados e sofridos de suas heroínas. Foi dela o primeiro livro que peguei emprestado na biblioteca pública de Redenção. Atravessei os primeiros anos da adolescência mergulhada no universo da escritora que ora chamávamos de M. Delly, ora de Madame Delly. Tantos anos depois de ter me encantado com suas histórias, veio a vontade de saber quem foi, de fato, aquela mulher. E tive uma surpresa imensa: M. Delly era, na realidade, o pseudônimo de um casal de irmãos franceses. Jeanne Marie e Frédéric escreveram juntos mais de cem romances – "juntos", talvez, não seja a melhor palavra. Suspeita-se que a grande maioria foi escrita por ela. Frédéric teria sido um colaborador: editou os romances, foi coautor de alguns e autor de outros poucos. O fato é que a parceria dos dois deu certo: os livros foram publicados em vários países e reeditados centenas de vezes. Mas a história de vida dos irmãos talvez seja mais interessante do que qualquer um de seus livros.

Passei horas pesquisando sobre Frédéric e Jeanne Marie. Em seguida fui ler as frases copiadas por minha mãe. E comecei a me lembrar das personagens de Delly – pobres, órfãs, bondosas, injustiçadas, e dos nobres que se apaixonavam por elas. O sofrimento, os obstáculos, as reviravoltas, os segredos desvendados e o final feliz. O triunfo do bem. A recompensa, sempre, para as mulheres de bem. À medida que lia as frases, ia me lembrando das memórias que minha mãe escreveu – e a comparação foi inevitável. Peguei o caderno de memórias, coloquei ao lado do outro sobre a mesa e fui assinalando os contrapontos: os dois pareciam conversar entre si. Ao descrever o começo de sua paixão por meu pai, minha mãe diz: "a alma ria, acompanhando os lábios vermelhos de vida e os olhos limpos de mágoas". Poderia ser uma das personagens de M. Delly. Em *Ondina*, Delly menciona "o olhar sorridente e encantado, esse olhar de mulher que ama, arrebatado e luminoso...". Em *O passado*, um personagem dirige-se à protagonista dizendo: "nenhuma sombra maculou ainda a candura dos teus olhos".

No relato da sua decepção com o casamento e o marido, minha mãe cita "o inferno constante dos insultos, a solidão, a ausência total de paz e felicidade". E ao copiar trechos de Delly inclui: "eu que tanto a desejei confiar a um homem sério, que soubesse compreender essa natureza delicada, tão sensível e afetuosa". Depois: "Lembra-te de que outros sofrem tanto como tu, talvez mais do que tu, porque não têm a esperança de novos sonhos, como te é lícito ainda ter". E ainda: "A resignação tomou o lugar da dor".

O sofrimento maior da minha mãe, que era não ter sabido quem foi seu pai, também encontrava eco nas histórias de Delly. Sobre o dia em que uma colega contou a ela no colégio que o egípcio que ela amava não era seu pai, minha mãe escreveu em suas memórias: "Não lhe disse nada. Abri os livros, não li. Abri os cadernos, não escrevi. Não chorei. Não ri. Não falei". E completou: "Foi a morte fictícia de um pai imaginário". O contraponto aparece em duas perguntas copiadas de Delly, a respeito de uma personagem: "Quem seria o seu pai desconhecido? Que faria ele longe da filha?". E outra frase reproduzida cita a "filha bastarda".

Imaginei minha mãe relendo os livros de final feliz que a ensinaram a sonhar, e que depois, quando o final feliz não veio, a distraíam e consolavam. Era com esses livros que ela conversava. Imaginei suas noites de solidão, depois que os seis filhos dormiam, e ela transcrevendo frases de uma autora que, do outro lado do mundo, parecia falar sua língua e entender seus sentimentos melhor que ninguém. A autora que escrevia sobre paisagens cobertas de neve, condes, castelos, pavilhões de caça, passeios em Paris – mas que parecia estar falando com ela ali, naquela casa triste entre montanhas, no interior de Minas Gerais.

Naquela hora, com os dois cadernos sobre a mesa, chorando todas as lágrimas por esta mãe que conversava com os livros para dar conta de viver, por meus irmãos que dormiam sem ter um pai que voltasse para casa e por minha avó entregue a suas dores no quarto ao lado, decidi que um dia eu iria a Versalhes, ao cemitério onde Jeanne Marie e Frédéric estavam enterrados. Para conversar com eles, como se fosse minha mãe. E, quem sabe, para reaprender a sonhar?

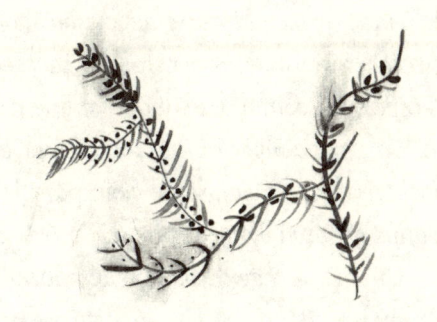

Mãe,

Escrevo agora com seus dois cadernos ao meu lado: o da história de sua vida, que você chamou de Dentro do vazio, e o outro, ilustrado, onde você anotou frases dos livros de M. Delly. Acho que você nunca soube que Delly era o pseudônimo de dois irmãos. Se soubesse teria me contado, porque a história deles merece um livro. A gente sonhou tanto, suspirou tanto – quatro ou cinco gerações de mulheres, em mais de vinte países onde os livros foram publicados – e pouquíssimas leitoras (imagino) tinham consciência de que havia uma dupla por trás daqueles romances.

    O pai de Jeanne e Frédéric era oficial do exército francês e a família morou em Avignon, Vannes e Versalhes. Ela nasceu em 1875, Frédéric um ano depois. Ele estudou Engenharia Agrícola e Direito, era atleta, bon vivant, mas contraiu uma doença que o deixou paralítico aos trinta anos. Aos trinta e nove se casou, mas ficou viúvo poucos anos depois, e era Jeanne quem cuidava do irmão, principalmente depois da morte dos pais. Ela chegou a receber algumas propostas de casamento, mas, depois de se decepcionar com o único homem que a interessou, decidiu ficar só. E passou a viver reclusa, ou melhor, ela e Frédéric escolheram o isolamento. Só saíam de casa para ir à missa aos domingos. Jeanne gostava de tocar piano e, acima de tudo, amava ler.

Um dia, a mãe de Jeanne descobriu um romance escrito por ela em um caderno. A contragosto, e exigindo preservar seu anonimato, Jeanne concordou que Frédéric enviasse o manuscrito para algumas editoras. Resumo da ópera? O livro foi aceito e Frédéric passou a assessorar a irmã na escrita, na edição e na parte comercial. Com o anonimato protegido pelo pseudônimo, Jeanne não parou mais de escrever. Foram mais de cem romances, publicados em várias línguas, sendo que alguns deles chegaram a ter mais de duzentas edições. Os irmãos ficaram ricos – muito ricos –, mas continuaram vivendo sem qualquer luxo ou ostentação. Quando morreram, ela aos setenta e dois e ele aos setenta e três anos, deixaram parte de sua fortuna para um asilo de Versalhes, a casa (linda, que eu conheci na viagem) ficou para a governanta e os direitos autorais de sua obra, mais o restante da fortuna, para a Société des Gens de Lettres, espécie de sindicato dos escritores, sediada em Paris.

Era essa a história (resumida) por trás das histórias que nós líamos em Redenção, mãe. Dos romances que os franceses classificam de à l'eau de rose (água de rosas) e a gente aqui chamaria de água com açúcar. Nós duas, que estudamos em colégio de freiras, tínhamos aval para ler M. Delly porque ela escrevia "romances edificantes", que exaltavam as virtudes femininas. Mas não era pelas virtudes que a gente se interessava, era pelas histórias de amor. Os homens irresistíveis, as paixões impossíveis, os beijos trocados às escondidas nos pavilhões de caça *(havia sempre um pavilhão de caça...), o casamento prometendo felicidade eterna, a heroína sofrida triunfando acima de tudo e de todos – ah, o amor... Como esperamos por ele, nós, leitoras de Delly... E como foi difícil entender que a coisa não era bem assim. Mas essa já é outra história, não é?*

Continuamos depois.

Mãe,

Quando eu acabei de ler sobre os irmãos Delly e reli seus dois cadernos, tomei uma decisão que desencadearia várias mudanças na minha vida: viajar para a França. Ir até Versalhes, para visitar a casa e o túmulo dos irmãos, e a Paris, para ver os manuscritos dos romances, que fazem parte do acervo da Société des Gens de Lettres. Era uma forma de estar perto de você. De te alegrar, sem ter a obrigação de te alegrar. De te deixar feliz, sem a obrigação de te deixar feliz. Seria uma oportunidade de reescrever nosso roteiro. De incorporar a ele a gratuidade e a alegria.

    Depois de dois períodos de licença médica, eu tinha voltado a trabalhar. Passava meus dias na revista com a dedicação de sempre, aliás, com mais dedicação do que nunca, porque queria mostrar que estava bem, que daria conta de todos os recados, que podiam confiar em mim. O problema, mãe, é que eu não acreditava mais no trabalho que estava fazendo. Não queria mais falar de tendências da moda, de novidades nos tratamentos de estética, de dietas que deixam as mulheres tristes, de corpos, rostos e libidos que não estão ao alcance da imensa maioria delas. Eu queria falar de outras coisas, escrever sobre outras coisas, mas não sabia o quê. Conversei sobre isso com o Miguel, que tinha passado a ser um grande amigo, ou melhor, o amigo que ele sempre foi. Às vezes nos encontrávamos para um café, outras vezes para um vinho, e as conversas ameaçavam avançar até o dia seguinte. Como era bom estar com ele sem a ameaça do casamento... Como era bom saber que estava bem. Ele me contou, num desses encontros, que estava namorando (e meu coração apertou). Brincou que não era uma de suas alunas de vinte e poucos anos: era uma professora quase da idade dele (o coração apertou um pouco mais). Perguntou se eu queria conhecê-la. Não, respondi imediatamente. Eu ainda não estava preparada. E contei para ele que continuava sozinha. Sozinha e frustrada profissionalmente. Disse a ele que não precisava opinar nada sobre o fato de eu estar só, mas que toda opinião sobre meu impasse profissional seria bem-vinda.

As conversas com o Miguel, com a Raquel e com o terapeuta (ah, se terapia rendesse milhas... Daria pra ir à França e a mais uns vinte países), enfim, essas muitas horas de diálogos foram deixando as coisas mais claras. E, aos poucos, comecei a imaginar um futuro sem a revista, sem um emprego fixo, sem a depressão e o pânico (que eu tinha aprendido a ver como indissociáveis de mim), e, quem sabe, com alguém ao meu lado – um amor, uma paixão, uma aventura, não importava. Mas essa era a parte mais difícil, porque o amor, o desejo, o gostar, tudo isso parecia absurdamente fora do meu alcance.

Um mês de férias na França: a ideia, no início, pareceu atraente, mas ela significava voltar para a revista, com a mesma insatisfação e as mesmas dúvidas. E eu vi que o caminho teria que ser outro. A viagem teria que ser maior, em todos os sentidos. E começou a amadurecer em mim a vontade de ir também ao México e ao Egito. Nada de "sair pelo mundo para me encontrar". Longe de mim... Se eu tivesse que encontrar alguém ou alguma coisa, que fosse o mundo. Minha vontade era, primeiro, ficar bem – menos triste e com menos medo – e só então viajar. Pra comemorar, pra matar algumas saudades (ah, o México...), pra me lembrar de você e me acostumar com a pessoa que eu ainda pretendia ser. Uma empreitada e tanto. E não é que eu consegui, mãe?

Como? Amanhã eu conto. E sei que você já está feliz por mim.

Sua (nova) filha.

Mãe,

Foram muitas noites dormindo pouco, ou pouquíssimo. Deixar um emprego com um ótimo salário já era uma temeridade (para mim; para os outros, era loucura mesmo). Os gastos com a viagem seriam altos. Ir para o Egito sozinha, um risco. Aliás, ir para o Egito – ponto. Retornar sem a perspectiva de um trabalho certo, assustador. Mas a viagem duraria pouco mais de um mês. E eu tinha uma reserva razoável de dinheiro que me permitiria navegar pelas incertezas da volta.

Fui amadurecendo a ideia (e amadurecendo a mim mesma) sem pressa: diminuindo os remédios controlados, espaçando as sessões de terapia, desenvolvendo anticorpos contra os medos, estabelecendo uma convivência civilizada com a tristeza. Amores, nada. Nem no singular, nem no plural. Um vizinho do prédio me convidou para sair e eu recusei. Um amigo antigo de Redenção me procurou e eu inventei desculpas para não vê-lo. Nos eventuais happy hours com as colegas da revista, eu me encolhia. Perto de homens que pudessem me interessar, eu continuava de bege, ainda que vestida de vermelho. Medo do amor, medo do sexo, medo do desejo... ah, quantas subdivisões de um único medo, que era o medo de ser mulher e arcar com as consequências. Mas com esse medo eu iria lidar depois da viagem. Na bagagem haveria um espaço (apertado) pra ele. E assim foi, mãe. Ou assim fui. Na saída da revista ouvi o mais reconfortante de todos os clichês: "As portas estarão sempre abertas". E isso me ajudou a fechar a porta do apartamento de Pinheiros e a embarcar para o México. A Cidade do México seria o primeiro destino.

    Desembarquei na cidade onde vivi minha grande paixão algumas (várias) horas depois, com uma mala na qual, além de roupas e livros, eu carregava seus dois cadernos e uma caixinha com os substantivos que tinha pregado nos objetos de sua casa, lembra? Nunca me separei daquela caixinha. Um hotel na avenida Paseo de la Reforma acolheu meu cansaço, meus (seus) substantivos e no dia seguinte eu estava pronta para me reencontrar com o México. Indo onde? Fazendo o quê? Eu não tinha a menor ideia. E isso era o melhor de tudo: a liberdade de não saber.

Ana (seu substantivo próprio preferido, eu sei).

Mãe,

Sei o que você deve estar pensando e a resposta é não. Não fui ao México para me encontrar com o Héctor. No único contato que tivemos depois que vim para o Brasil, ele me contou que tinha voltado para a ex-mulher e que ela estava esperando um filho. E, mesmo se eu não soubesse disso, não haveria razão para me encontrar com ele – por mais que doesse não fazê-lo. Andei por San Ángel, sim. Passei na porta da casa ocre onde nos encontrávamos. Mas também estive na rua onde Miguel e eu moramos. Olhei para o nosso prédio de longe e me afastei depressa (doeu mais do que eu pensava). Não havia como fugir desse roteiro das coisas vividas. Mas eu quis ir ao México porque, além da minha paixão pelo país, foi lá que eu consegui ser a mulher que eu gostaria de voltar a ser um dia. Voltei para lembrar como eu era. Mas não só lembrar. Era preciso olhar pra frente. E foi justamente pensando nessa necessidade de seguir adiante que me veio à cabeça um ritual que o Miguel tinha mencionado durante seu doutorado em antropologia: a cura do espanto.

Os mexicanos, principalmente nas comunidades rurais, mas também – em alguns casos – nas grandes cidades, ainda conservam a crença no chamado mal do espanto, ou simplesmente espanto. Segundo essa crença, o mal ocorre quando a pessoa é submetida a um susto muito grande ou a um medo intenso e, como consequência, sua alma se dissocia do corpo. Sua sombra se separa dele e sai vagando. E a pessoa passa a apresentar sintomas que podem incluir fraqueza, dores no corpo, sonolência ou insônia, náusea, frio nas extremidades, febre, tristeza, apatia e angústia. Esse episódio que causa o trauma pode ser, por exemplo, o ataque de um animal, o transbordamento de um rio, a visão de uma pessoa morta, a morte de um ser querido, um acidente, uma perda. Quando o trauma é muito intenso, dizem que la sangre se vuelve agua, e a pessoa fica com a pele amarelada, sem forças para nada, con la mirada perdida. Olhar vago, tristeza, falta de força e de vontade... qualquer semelhança com a nossa depressão não é mera coincidência. O fato é que, para tirar o doente desse estado, é preciso fazer o ritual de cura, que vai agarrar a sombra que se foi, trazer de volta a alma extraviada.

Lembro que fiquei fascinada quando o Miguel falou do mal do espanto. Mas, na época, encarei como algo exótico, um primo distante do nosso "mau-olhado", e depois me esqueci daquilo. Só que nessa volta ao México, com tanta água tendo passado debaixo das nossas pontes (minhas, suas, do Miguel...), a percepção foi outra. Depois de tantos consultórios, tantos remédios, tantas crises e tanta falta de chão – para usar uma expressão que resume quase tudo –, a ideia do ritual me pareceu menos exótica, menos absurda. E fui atrás de um curandeiro ou uma curandeira que pudesse "levantar" minha sombra. Que fosse capaz de me quitar el espanto. Para ir em frente com menos agua en la sangre.

Importante lembrar: o curandeirismo no México está longe de ter a conotação negativa que tem no Brasil. Claro que há charlatães, mas os curandeiros sérios são encarados com imenso respeito na cultura mexicana. Só que, numa cidade com mais de vinte milhões de habitantes, não foi fácil encontrá-los. Tive que ser jornalista. Depois de muita pesquisa e muitos telefonemas, finalmente consegui duas indicações de um órgão do governo voltado para o desenvolvimento das comunidades rurais e indígenas. Eles têm uma lista de curandeiros cadastrados que recebem treinamento e atendem nos postos de saúde especializados no que chamam de medicina tradicional. Resumindo: marquei com dois desses curandeiros e passei horas deixando que os dois procurassem minha alma – extraviadíssima. Detalhes na próxima carta, mãe. Antes que você diga "Mas que bobagem...", espere pra ler. Lembrando que você é (quase) tão apaixonada pelo México quanto eu.

Hasta mañana!

Mãe,

Esqueça o ceticismo. Foi o que eu fiz – e não me arrependo. Primeiro, porque conheci duas criaturas do bem: Angelina Hernandez, cinquenta e dois anos, curandeira desde os treze (aprendeu com o avô) e Juan Ruiz, quarenta e nove anos, curandeiro há quase trinta – os dois indígenas, ela do estado de Chiapas e ele da região central do México. Duas pessoas que saíram de suas comunidades e agora trabalham num centro de saúde de uma megalópole, tentando aliviar o sofrimento de origem emocional de pessoas de todos os tipos.

Sou atendida (atendimento gratuito) primeiro por dona Angelina, de expressão suave e menos de um metro e meio de altura. Ela inicia o ritual borrifando um líquido no meu corpo, uma mistura de ervas, entre elas poejo e manjericão. Em seguida começa a rezar em sua língua, o tzotzil. A cada pausa, peço que traduza, e ela vai dizendo coisas como "Deus meu, ajude sua filha para que se levante. Cuide de seus caminhos. Que nada de mau lhe aconteça. Que sua alma regresse. Que se levante sua alma caída...". E ela repete meu nome, volta a rezar em tzotzil, pega grãos de um milho vermelho: "Es la sangre del maíz" (o sangue do milho) explica. E segura meus braços, as mãos, a cabeça, e diz várias vezes em espanhol: "O passado passou". "Sua tristeza é um cobertor molhado. Já não serve. É preciso se desfazer desse cobertor". "Que regresse a sombra, que a alma se levante".

Choro o tempo todo. Um choro manso, de tristeza represada. E ela me conforta, volta a rezar, sopra meu corpo, minhas mãos. Depois faz o ritual do ovo, estranhíssimo. Eu me deito numa dessas camas de massagem e, sempre rezando, dona Angelina passa um ovo de galinha no meu rosto, no corpo, nas palmas das mãos, e depois o quebra em um copo com água. Coloca o copo contra a luz e "faz a leitura" da gema e da clara para saber como estou, ou como está minha alma. Pergunto o que viu, mas ela não diz nada. Em seguida pega um saco cheio de pétalas de rosas vermelhas, me cobre com elas, inclusive o rosto, as palmas das mãos, entre os dedos dos pés, coloca um lençol sobre mim e depois de uns dez minutos me descobre, remove as pétalas e diz que vou melhorar. Explica que o mal do espanto deixa a pessoa vazia, oca, que ela caminha por caminhar, faz as coisas por fazer e fica como uma vela que se apagou, sobrando apenas a fumaça que ainda sai do pavio. "Isso é quando a alma cai", diz. "Mas a sua já se levantou. Volte em paz para sua casa. Volte como uma nova pessoa."

Deixo dona Angelina e passo para a sala de Juan, que é mais um psicoterapeuta sem formação acadêmica do que um curandeiro. "Trabalho com o manejo de emoções", me diz. Começa rezando em nahuatl, língua de sua etnia. E faz uma massagem vigorosa, que chega a doer (muito, às vezes). As orações ele alterna com perguntas sobre meu estado de espírito, meu passado e pede para eu falar com alguém da minha família, me dirigindo a ele, Juan, como se fosse essa pessoa. Falo com meu pai. E Juan vai respondendo, repetindo meu nome mil vezes, às vezes em voz alta, e eu me assusto e choro... Enfim, mãe, acho que tudo que estava silenciado dentro de mim encontrou voz ali naquela sala, como se o México fosse um território onde eu me permitisse aquilo que em outros lugares estava reprimido, interditado. Não foi assim com o Héctor?

Saio para a rua me lembrando do que Juan disse no final do diálogo em que ele fez o papel do meu pai: "No me debes ni te debo. Estamos en paz". E encerrou o ritual dizendo: "Te devuelvo la palabra y retomo la mía". Começo a andar em direção a um ponto de táxi, mas é como se minhas pernas tivessem perdido a força. O corpo não obedece. Não sinto meu corpo. Avisto a placa de um Starbucks, o verde e branco da logomarca, me lembro da bandeira do México, penso que está faltando o vermelho na placa, os pensamentos desordenados, o corpo cada vez mais sem força, e, não sei como, consigo andar até lá: Starbucks, o mais improvável de todos os desfechos para um ritual indígena mexicano. Na segunda caneca de café, a sensação de normalidade começa a voltar (o que eu não sei se é bom ou ruim...). E voltam junto as palavras de Juan, falando pelo meu pai: "No me debes ni te debo. Estamos en paz". Elas me cobrem e me aquecem: um novo cobertor, substituindo a coberta molhada da qual dona Angelina mandou que eu me desfizesse.

Algum tempo, ou muito, depois, ando até o ponto de táxi e volto para o hotel. No caminho, presa em engarrafamentos monumentais, avisto as mulheres em seus huipiles, os tacos vendidos em cada esquina, as infinitas bancas de lanches, o colorido dos copos de plástico cheios de frutas picadas, os arranha-céus, a estátua do Anjo da Independência, me ofuscando com seu dourado, os vendedores de ervas medicinais, trabalhadores apressados, as índias com suas tranças até a cintura e seus olhares enviesados, grupos de turistas tentando desvendar o caos da cidade... o México intoxica, apaixona, esgota quem quer conhecê-lo e nunca, jamais, se deixa decifrar. Você sabe disso, mãe. Você sentiu tudo isso quando esteve lá comigo.

Chego ao hotel cheirando a ervas, a incenso, a rosas maceradas. Não sei se minha alma está comigo. Se minha sombra se levantou. Se meu espanto está curado. Mas sinto uma paz que há muito tempo não sentia. Uma quase alegria. A sensação nítida de que ainda há tempo para muitas coisas. Para muita vida. É preciso comemorar.

Mãe,

A comemoração foi na noite seguinte. Antes, visitei (mais uma vez) a Casa Azul de Frida Kahlo e (pela primeira vez) a casa onde Trótski se refugiou em seu exílio no México. Duas casas vizinhas, em Coyoacán. De duas figuras históricas, dois personagens extremamente fortes e inquietos que viveram um romance – provavelmente absurdo y fugaz, como diria a eterna companheira de Diego Rivera. A Casa Azul comove sempre. E sempre me desperta a mesma mistura de sentimentos em relação a Frida Kahlo: admiração imensa, compaixão com a mesma intensidade e... inveja. Como não invejar uma mulher que teve uma vida como a dela? A arte, as paixões, o engajamento político, a capacidade de ser única, a inteligência, a intensidade, a habilidade para driblar o sofrimento... A gente sai da Casa Azul se sentindo insignificante. E aí vai até a casa de Trótski para se sentir triste. Masoquismo? Não. Acho que tanto a tristeza quanto a noção exata do nosso tamanho eventualmente fazem bem.

A casa-museu onde o ex-comandante do Exército Vermelho viveu com sua mulher Natalia Sedova, e onde foi assassinado a mando de Stálin, é uma construção austera, uma fortaleza que não conseguiu cumprir seu papel e impressiona, ou sufoca, com suas janelas fechadas por tijolos, as marcas de tiros nas paredes, a melancolia impressa em cada cômodo e em cada objeto que fizeram parte de uma vida de confinamento e exílio. Sua cama, seu chapéu, o escritório onde foi atacado, o jardim aonde ia durante pouco tempo, cercado por guardas, para cuidar de suas plantas e seus coelhos... tudo ali lembra fim e, ao mesmo tempo, tem uma beleza pungente, alguma coisa que comove profundamente. A gente sai um pouco sem rumo, sem ar, como se a história nos cercasse e se transformasse, ela própria, numa fortaleza.

O fato é que, depois das duas visitas, era preciso emergir e respirar. Ah, e comemorar a possível volta da alma extraviada. Talvez fosse hora de extraviar o corpo... Brincadeira. Ainda não era hora. O que não significava que ele não pudesse relaxar. Para isso, ainda não inventaram nada melhor que a dança. E eu criei coragem: fui, sozinha, a um bar de salsa. Entrei no bar com o corpo duro, sorriso forçado (forçadíssimo), fingindo uma naturalidade que estava longe, muito longe, de sentir. Mas pedi um mojito no balcão, para me lembrar do Héctor, claro, e a mistura do drinque com a música se encarregou do resto. Não há como ficar tímida ouvindo salsa tocada ao vivo. A gente se esquece por completo de si. E aí alguém acaba vendo que a gente existe. E nos chama pra dançar – que foi o que eu fiz, mãe: dancei salsa até de madrugada. Até a roupa ficar encharcada. Até o corpo não aguentar mais. E voltei para o hotel sentindo uma alegria que custava a caber dentro de mim. Porque, se é verdade que a dança é a expressão vertical de um desejo horizontal, como já disseram, eu tinha me saído bem no teste. Meu corpo estava vivo, ou estava começando a acordar. Sem nenhum príncipe por perto para fazer isso acontecer. Sem qualquer mágica. Apenas a vida operando seus mistérios. E o México, um lugar onde tudo pode acontecer. Absolutamente tudo. Até um reencontro com o corpo, quando o que se buscava era a alma extraviada.

Minha estada no México durou poucos dias, mas cada minuto de cada dia foi marcado por uma infinidade de sentimentos. Eram saudades do Héctor, do Miguel, de você se hospedando conosco em dois Natais e da mulher jovem que eu era na época. A insegurança por estar ali só e, ao mesmo tempo, uma espécie de alegria infantil pelas mil possibilidades que a solidão oferecia. A melancolia inevitável pelo fato de não ter conseguido manter meu casamento, e, junto a ela, a lembrança do que vivi com o Héctor e a esperança de voltar a vivê-lo, sem ele. Tudo isso me acompanhava em cada deslocamento pela cidade, cada incursão que fazia.

Passei horas no Museu de Antropologia, me emocionando com tudo o que via pela vigésima ou trigésima vez (lembra quando fiz aquelas aulas de História no museu?). Andei pelos mercados de artesanato, deixando o colorido espantar qualquer emoção duvidosa que ameaçasse comprometer o passeio. Fui ao Bazar del Sábado de San Ángel para chorar de saudades (aí, sim, um episódio de masoquismo assumido...). Rodei pelo centro histórico e pelo bosque de Chapultepec, cenário tradicional de piqueniques das famílias. Fiz o mais kitsch e mais adorável de todos os programas, que é andar de barco nos canais de Xochimilco, ouvindo a música dos mariachis e deixando os olhos lacrimejar com tacos apimentadíssimos... Enfim, mãe, voltar ao México foi como visitar uma casa antiga, dessas que a gente carrega na memória, se lembrando de cada canto e cada detalhe, e descobrir que ela ganhou novos cômodos. Era o mesmo velho México que eu sempre amei, mas havia dentro dele um México diferente. Ou talvez o meu olhar é que tivesse mudado. O fato é que eu me deparei com cômodos que eu não conhecia, e foi muito bom percorrê-los.

No último dia, quando fazia uma caminhada perto do hotel, passei por uma banca de ervas medicinais e ouvi quando uma senhora perguntou ao vendedor se ele tinha hierba de quitapesar. Quitapesar? Será que eu tinha entendido direito? Uma erva para acabar com a tristeza, a mágoa, o sofrimento? Voltei para tirar a dúvida. O vendedor disse que não tinha, mas que o nome era aquele mesmo e que a planta (também conhecida como lantana) era boa para muitas coisas, inclusive para los nervios. A cliente concordou e completou: "Es muy buena en casos de depresión". Depressão? Estavam falando minha língua. Perguntei como era utilizada e o vendedor, um senhor idoso de feições indígenas, deu a receita: "Muito simples. É só preparar um chá com três folhinhas e um pouco da flor". "Vou me livrar de todos os meus pesares?", perguntei a ele em tom de brincadeira. "Isso eu não posso assegurar, senhora", ele respondeu. "Mas uma coisa eu garanto: sua tristeza, se é que ela existe, vai pesar bem menos."

Saio andando pelo Paseo de la Reforma e as palavras do mexicano me acompanham: "Sua tristeza, se é que ela existe...". Pela primeira vez me ocorre que talvez ela não exista como a imagino. Talvez eu tenha me acostumado tanto a sentir aquela tristeza opressiva que ainda não me dei conta de que já sou capaz de viver sem que ela dirija meus passos, ou impeça que eu caminhe. A gente se acostuma com tudo, mãe, se habitua a tudo, até a se sentir triste mais do que precisa. Naquele momento vi que eu teria que redimensionar muitos dos sentimentos que carregava, acreditando serem eternos. Alguns já estavam com bolor, com validade vencida. E enxergar isso me tirou um peso imenso da alma. Tive vontade de sair correndo pela Reforma, de dançar salsa com o primeiro que passasse, de beijar, não o primeiro, mas talvez o vigésimo homem que cruzasse meu caminho. E voltei para o hotel decidida a passar meus medos e minhas tristezas por uma peneira de trama bem fina. Que ficassem apenas as que (ainda) fizessem sentido.

Na hora de arrumar a mala, olhei pela janela e avistei as asas douradas do Anjo da Independência. Em 1957, um terremoto fez com que a estátua amada pelos mexicanos caísse de uma altura equivalente à de um edifício de quinze andares. A cabeça e um dos braços foram arrancados, mas, depois de um ano de restauração, o anjo voltou, reluzente, ao seu posto e tem resistido a todos os tremores que, eventualmente, castigam a Cidade do México. São sete toneladas de bronze folheado a ouro – sete toneladas que parecem flutuar em meio à poluição e aos arranha-céus. Não há como contemplar a escultura e não pensar em leveza. Não há como ver suas asas e não enxergar movimento.

Fecho a mala sem querer me despedir do México. Sem saber se minha alma voltou de fato ao posto, como o anjo, ou se, antes que isso aconteça, ainda teremos um longo trabalho de restauração pela frente. Não importa. Sinto que estou pronta para enfrentar os pequenos abalos sísmicos que surgirem pelo caminho. Por enquanto, só os pequenos.

Que os bons ventos me levem, foi o que pensei naquela hora. Porque dali a pouco eu embarcaria numa aventura. Finalmente iria conhecer a terra de seu suposto pai. Do homem que você tanto amou, que embrulhava pedaços de goiabada em retalhos de casimira para você levar de lanche à escola e que te ensinou a desenhar e a tocar bandolim. Próximo destino? Egito, claro.

Aposto que você está rezando para dar tudo certo na minha viagem, mãe, sem se lembrar de que ela já aconteceu. Só pra te acalmar: deu tudo certo, sim. Deus e a alma inquieta do meu avô Latfalla iluminaram os caminhos.

Beijos já quase egípcios de sua filha Ana.

[O alfaiate de Alexandria]

O homem que minha mãe acreditava ser seu pai nasceu em Alexandria, no Egito, e deixou seu país quando tinha apenas doze anos. Ele e um amigo da mesma idade embarcaram como clandestinos em um navio e desembarcaram na França, país onde não conheciam absolutamente ninguém. Foram levados para um abrigo de menores e lá meu futuro avô aprendeu o ofício de alfaiate. Saiu do abrigo aos dezenove anos, e aos vinte e cinco sentiu que era hora de se mudar mais uma vez. Mais um desembarque em território estrangeiro, desta vez o Brasil.

Em São Paulo, abriu sua primeira alfaiataria e, entre os clientes, havia fazendeiros abastados de Redenção. Ao constatarem a solidão do jovem egípcio na capital paulista, eles o convenceram a levar sua máquina de costura para Minas Gerais. Pouco tempo depois, meu avô inauguraria sua Alfaiataria Mineira na cidadezinha entre montanhas. O folheto da loja anunciava com orgulho: "Sortimento completo de casimiras nacionais e estrangeiras, brins etc. Executa-se qualquer serviço com prontidão. Endereço: Largo da Matriz".

Latfalla Jamatti chamava a atenção pela excentricidade. A mistura de três idiomas – árabe, francês e português – resultando numa língua própria, a economia de detalhes ao falar da própria história, a recusa em usar calças com bolsos ("Por que é que os brasileiros gostam tanto de bolsos nas calças?", perguntava. "Só pra carregar bobagens..."), a cabeça eternamente coberta por uma boina escura, o cachorro que ele batizara de Nilo a acompanhá-lo sempre, o hábito de chupar balas de cevada, o gosto por fabricar caleidoscópios, as horas dedicadas a interpretar músicas exóticas no bandolim – tudo isso fazia dele um eterno estrangeiro que Redenção adotara, mas não conseguia decifrar.

Foi esse estrangeiro que conquistou minha avó Tereza, ela também um espírito nômade – embora jamais tivesse viajado. Não chegaram a morar juntos, mas viveram uma relação intensa e conflituosa. Pouco depois de sua separação, minha avó apareceu grávida e, quando minha mãe nasceu, todos acreditaram que o pai era Latfalla. Ela também acreditou – até os doze anos.

Até o dia em que uma colega de colégio contou a ela o que tinha ouvido seus pais dizerem, que ela era filha, não do egípcio, mas de um fazendeiro casado, pai de três filhos. Um homem que jamais iria assumi-la.

 Minha mãe cresceu sem saber quem era, de fato, seu pai. Não teve coragem de perguntar: nem a sua mãe, nem ao egípcio, nem ao seu suposto pai. E morreu com a esperança de ser filha de Latfalla Jamatti. Lia tudo que aparecia nas revistas e nos jornais sobre o Egito. Recortava fotos das pirâmides e guardava nas gavetas. E olhava para nós, seus filhos, procurando em nossos rostos os traços árabes do alfaiate. Quando Latfalla morreu, minha mãe ficou com o bandolim e um dos caleidoscópios feito por ele. Às vezes, quando se sentia triste, ela tirava o caleidoscópio do armário, se sentava diante da janela e ia girando o tubo lentamente, como se estivesse gravando dentro de si cada imagem colorida que se formava. Os pedaços minúsculos de vidros e espelhos criavam mundos para onde ela fugia quando seu próprio mundo a sufocava. E contavam histórias de um quase-pai que ela não queria – e nem poderia – esquecer.

Na véspera de embarcar para o Egito, pego o terço que foi dela, a caixa de substantivos da casa de Redenção e durmo com eles do meu lado: meu bandolim e meu caleidoscópio me contando histórias que eu não posso – e nem quero – esquecer. Assim como minha mãe, eu me agarro à memória para não naufragar – e para me sentir (quase) inteira.

Mãe,

Deixo o México numa manhã de céu carregado, mas o voo é tranquilo. Meu coração, nem tanto. Faço uma escala em Paris. Impossível não pensar no meu avô. No menino de Alexandria desembarcando seus sonhos ali, sem ter a menor ideia do que iria encontrar. Quando o avião decola para o Cairo, na direção oposta à que seguiu meu avô, também não sei o que me espera. Imagino o medo que ele sentiu no porão daquele navio e, ao mesmo tempo, a vontade de ir ao encontro do desconhecido, de se aventurar. É como me sinto nesse percurso entre o mundo que eu conheço e um novo mundo que me atemoriza e atrai.

    Antes de você criar uma expectativa que serei obrigada a frustrar, tenho que te dizer que não consegui descobrir nem um parente do seu pai (acho que podemos adotar o "seu pai" e o "meu avô", por que não?). Pesquisei muito – e nada. A certa altura, desisti de garimpar genealogias. Afinal, ele próprio quis romper com tudo. Chegou a trocar de sobrenome quando chegou à França – e nunca soubemos seu sobrenome verdadeiro. Seria muito, muito bom mesmo, encontrar alguém da sua família. Mas acho que a vocação dele era para não ter raízes, não deixar rastros. Fui atrás de sua sombra, do espectro do seu corpo franzino. E de histórias para te contar, mãe.

A primeira delas, já do aeroporto. Chegar ao Cairo é se render, inevitavelmente, ao caos. E o caos começa logo ali, no desembarque. Saio à procura do guia que estaria à minha espera e descubro que, por medida de segurança, só os passageiros, tripulantes e funcionários podem entrar no aeroporto. Todas as outras pessoas têm que ficar do lado de fora, e são milhares delas, atrás de portas de vidro, acenando, gritando, apontando, levantando placas com nomes de passageiros, e eu não via o meu em nenhuma delas. Depois de uma meia hora de desespero, peço, ou melhor, imploro a um guarda que me deixe sair um minuto (contando com a boa vontade de alguém para olhar minhas malas) para tentar localizar meu guia. Porque, caso ele não estivesse ali naquela multidão, eu teria que entrar no aeroporto outra vez para descobrir outro jeito de ir para o hotel. Pegar um táxi sozinha, à noite, em meio àquela confusão toda, não era uma opção. Mas o guarda é irredutível: se eu sair, com ou sem malas, não posso entrar novamente. Só entra quem vai viajar. Volto a procurar o guia que não conheço, rezo para avistar meu nome em alguma placa. E claro, não avisto. Não há ninguém à minha espera. Estou só. Vou ao balcão de informações e tento um táxi pré-pago. Tento ligar para o guia e para o hotel. Tento tudo. Até que, no balcão de uma locadora de carros, um funcionário diz que conhece alguém que pode me levar. Vou até um estacionamento onde me espera um desconhecido, entro no carro dele e penso: "Agora é com Deus". Porque, sem Ele, tinha tudo para dar errado. Não deu. Chego ao hotel depois de sobreviver a engarrafamentos inacreditáveis, passo por um controle de segurança *que envolve até cães farejadores vasculhando o porta-malas do carro, entrego minha bagagem, minha bolsa e meu casaco para passarem pelo raio x (tudo isso dentro do hotel) e, finalmente, faço o check-in. Quando entro no meu quarto, primeiro choro (não sei se de emoção ou de cansaço), depois tomo um banho. Em seguida, desço para o restaurante. E só então vem a constatação de que o Egito deixou de ser um sonho, uma foto na sua gaveta, o país de tantos relatos ouvidos na cozinha da nossa casa. O país do meu avô naquele momento tinha virado realidade. Cabia a mim escolher o que fazer com ela. E eu escolhi abraçá-la.*

Mãe,

Estar no Egito era me encontrar com você, com meu avô e com minha avó Tereza. Era viver sua infância, sua busca pela figura do pai, sua eterna dúvida de quem foi esse pai. E era imaginar os amores (tão tristes) da minha avó e sua condição de estrangeira numa sociedade que não aceitava as mulheres como ela. Mais estrangeira que ele, Latfalla, um desses amores que Redenção não perdoava. Minha solidão ali era relativa. Porque não importava onde eu fosse, vocês iriam comigo. Estar no Egito era estar permanentemente acompanhada. E essa sensação me ajudou a não ter medo.

    Depois de uma noite de sono tranquilo, desço para tomar o café da manhã e me encontrar, finalmente, com meu guia, Mohammad Ali, um historiador com mestrado em Egiptologia (não precisava tanto...), inglês perfeito e extremamente simpático. O mal-entendido da véspera é desfeito: eu tinha mandado uma mensagem de Paris para o concierge do hotel, pedindo que ele avisasse a Mohammad que eu havia perdido a conexão para o Cairo. Mas a informação de que eu chegaria duas horas mais tarde não foi repassada ao guia. Enfim, a viagem começava agora. Dez minutos depois eu estava num carro dirigido por um senhor também simpaticíssimo e também chamado Mohammad.

O primeiro destino é Gizé. Preparo meu coração para conhecer as pirâmides, mas ele é testado bem antes de chegarmos lá – porque o trânsito do Cairo, mãe, não foi feito para os fracos. Numa cidade com quase dez milhões de habitantes – sendo que o Grande Cairo tem vinte e dois milhões – a única regra seguida pelos motoristas e os pedestres é a velha "salve-se quem puder". Logo na saída do hotel, pegamos uma avenida movimentadíssima, com pedestres passando (raspando) em meio aos carros e todos os cruzamentos engarrafados. Chocada, constato que a avenida não tem nenhum semáforo, e pergunto aos dois Mohammad por quê. Resposta do guia: "É bobagem ter. A gente não usa mesmo...". Entendo em seguida o que ele quis dizer. Os semáforos no Egito são luzes decorativas. Ninguém olha, ninguém segue, ninguém vê. E o caos se instala, claro. Não há preferência, ninguém usa a seta, as faixas de pedestres, quando existem, são ignoradas, e carros e pedestres disputam cada milímetro como se a vida nada valesse. Famílias inteiras atravessam ruas e avenidas se desviando dos carros, enquanto os motoristas tentam se desviar uns dos outros, o que nem sempre conseguem: a quantidade de carros amassados circulando pelas ruas é de impressionar. E as buzinas... bem, as buzinas no Egito compõem uma trilha sonora infernal, ensurdecedora, implacável. Os motoristas buzinam para fazer conversões, para trocar de faixa, para advertir o pedestre – que àquela altura já está quase debaixo do carro –, para se cumprimentar, para xingar uns aos outros ou pelo simples prazer de buzinar... e meus dois Mohammad conversando comigo como se estivéssemos num salão de chá... Diante do meu silêncio assustado, de vez em quando um deles pergunta: "Aceita uma água?". Não, o que eu queria mesmo era um oásis, e pensar que o deserto ainda nem tinha começado...

O trânsito segue ruim durante todo o caminho (os pouquíssimos quilômetros do Cairo a Gizé duram uma eternidade), mas acabo me esquecendo dele diante de um novo choque: a quantidade de lixo amontoado e espalhado por toda parte. São camadas de lixo margeando as ruas, nas portas das casas, na estrada... Começo a me desanimar com o Egito. A ter certeza de que a viagem foi um erro. Mas, quando chegamos a Gizé e avisto as três pirâmides – Quéops, Quéfren e Miquerinos –, o lixo e o trânsito deixam de existir. É só beleza. E uma beleza que emudece a gente, que encurta a respiração, que deixa qualquer adjetivo acanhado. A gente não se cansa de olhar, de se emocionar, de achar que está dentro de um filme e de não querer que ele acabe. Mãe, como eu queria que você estivesse ali... Como eu daria tudo pra que você estivesse ao meu lado, tocando as imagens que você guardou por tantos anos nas gavetas, suas pirâmides recortadas, seu Egito de papel.

Olho para a Grande Pirâmide (a de Quéops), com seus mais de dois milhões de blocos de pedra, seus quase cinco mil anos de história, e a perfeição absoluta de tudo, a monumentalidade, a permanência, tudo isso faz com que as palavras desapareçam. É como se as pirâmides nos obrigassem ao silêncio. O que talvez seja uma impossibilidade no Egito. Ouço as vozes dos condutores de camelos oferecendo passeios, oferecendo fotos, me irrito no começo, mas depois aceito. Porque a verdade é que os camelos, com seus adereços coloridos (lindos) e seu ar de eterno desdém, acabam nos cativando. E lá vou eu para o passeio mais aterrorizante (e mais breve) que já fiz na vida. O condutor me ajuda a subir, mas quando o camelo começa a andar e eu me vejo naquela altura sem qualquer chance de equilíbrio, disparo a gritar, a pedir para descer, e a descida, quando acontece, é outro terror... enfim, mãe, nada como um passeio de camelo para nos fazer despertar da letargia que o impacto das pirâmides provoca.

Tiro uma foto sorridente ao lado do animal que quase me jogou no chão, finjo um entrosamento com ele que estou longe de sentir, e seguimos para a Esfinge. Que é outro impacto. A imagem mil vezes vista, ali na nossa frente, com seus setenta e três metros de comprimento, o corpo de leão esculpido na pedra, a face humana (de Quéfren, o faraó que mandou construí-la), o nariz ausente, aumentando a estranheza que ela causa. Enfim, fico fascinada e sinto medo. Tenho vontade de sair de perto. E saio, quase correndo. De longe, o medo diminui, mas a estranheza permanece. E tento não ver as construções próximas à Esfinge, feias e mal-acabadas. Ela, que deveria ficar isolada para ser apreciada como merece, está cercada pelo mau gosto. Dá pena.

Na volta para o hotel, o motorista faz outro caminho e me espanto com os edifícios sem pintura e sem acabamento — uma sucessão infinita de construções pela metade, que dão ao Cairo a aparência de um lugar abandonado. O guia me explica que, como os impostos sobre imóveis concluídos são muito altos, os egípcios deixam as obras incompletas e acabam se acostumando a viver em construções de aspecto deteriorado, que, juntas, formam uma paisagem sem cor e sem vida. A primeira imagem que se tem é a de uma cidade bege e maltratada. Você se decepcionaria. Mas há outras cidades dentro do Cairo, que só se mos-

tram quando o olhar perde a pressa, e ter consciência disso me aflige. Na condição de turista com o tempo programado, sei que a cidade que estou conhecendo está longe de ser a verdadeira. O que me obriga a tomar uma decisão: a de um dia voltar.

Salaam Aleikum!
Sua filha.

Mãe,

O Egito não admite o meio-termo. Uma hora a gente se horroriza com a sujeira, a cacofonia, a feiura agressiva de certos (muitos) lugares. Na outra a gente se emociona, se apaixona, sente vontade de mergulhar na cultura daquele povo que professa outros credos e tem uma história tão diversa da nossa, mas ao mesmo tempo parece tão próximo. Acompanhada por meus dois Mohammad, visito mesquitas, percorro ruas estreitas, ando pelo velho Cairo, rezo na igreja copta de Abu Serga, construída em um dos locais onde a Sagrada Família se refugiou em sua passagem pelo Egito. Em um país majoritariamente muçulmano, os cristãos coptas (cerca de 10% da população) têm sido alvo de ataques frequentes, e para chegar à cripta onde a Sagrada Família ficou foi preciso passar por vários controles de segurança e dividir o espaço ao redor da igreja com soldados armados com metralhadoras. Mesmo assim, a emoção que se experimenta é imensa e eu me lembrei tanto, tanto de você...

Da igreja vamos para o mercado Khan el Khalili, um emaranhado fascinante de ruelas onde se vende, e se vê, de tudo. Há uma infinidade de barracas de temperos, lojinhas de artesanato, joias, tapetes, pequenos suvenires, e vendedores insistentes (para usar um eufemismo) fazem os visitantes exercitar a arte da paciência. Mas o imenso mercado, que data do século XIV, é muito mais que um destino turístico. As famílias locais vão ali para fazer compras, frequentar os cafés ou simplesmente passear pelas vielas, depois de fazer suas preces na mesquita de Al-Hussein, um dos locais sagrados do Egito (a mesquita fica próxima à entrada do Khan el Khalili e acredita-se que a cabeça do neto do profeta Muhammad esteja enterrada ali). Mulheres de burca passam carregando sacolas, conversando em grupos, falando ao celular e é difícil não encarar aqueles pares de olhos que parecem ter ficado expostos por acidente. Aliás, observar as pessoas é o que há de mais interessante nesse mercado.

Terminamos o passeio tomando um chá no El Fishawy. Inaugurado em 1771, o café frequentado por príncipes e artistas, já foi ponto de encontro de intelectuais, e se orgulha de ter sido o local escolhido por Naguib Mahfouz, vencedor do Nobel de Literatura em 1988, para escrever boa parte de sua obra. No ambiente de lustres e espelhos (e de pouco espaço), tomamos o tradicional chá de menta da casa, enquanto à nossa volta casais e famílias se dedicam ao narguilé ou shisha, o cachimbo de água onipresente no Egito. Atrás de espessas nuvens de vapor, avisto mulheres de véu fumando com volúpia – uma imagem insólita – e, mais uma vez, tento não encará-las. Mas é impossível: a curiosidade jornalística fala mais alto. Eu me escondo atrás da fumaça tímida que sai do meu chá – ou seja, não me escondo – e olho, tentando ao máximo disfarçar.

No dia seguinte, visita ao Museu Egípcio: aqui, o olhar não precisa ser discreto. E há muito para ver. Muitíssimo, mais de cento e vinte mil peças. E duas coisas impressionam. A primeira é a riqueza do acervo, algo inacreditável. A segunda é a forma como ele está exposto – também inacreditável. A impressão que se tem é de que alguém deixou as peças ali, decidiu ir à esquina fazer um lanche antes de organizá-las e nunca mais voltou. O que se vê é um amontoado de objetos, mal distribuídos e mal identificados. Mas, passado o susto inicial, a gente começa a sentir que está diante de uma riqueza sem tamanho. E se emociona, se espanta, se esquece de respirar. Os sarcófagos, as peças usadas no cotidiano do período faraônico, as esculturas, as múmias (incluindo a de Ramsés II), o tesouro encontrado na tumba de Tutancâmon, o faraó-menino, suas joias, sua máscara mortuária de ouro maciço, tantas vezes retratada e enraizada no nosso imaginário... Ah, mãe, aqui a história está viva e nos arrasta. A gente se esquece do presente. Vai para outro tempo e quase se esquece de voltar. Mas voltar é preciso.

Passamos da penumbra do interior do museu para a luz de um final de tarde na praça Tahrir, conhecida como o "coração do Cairo". Símbolo da chamada Primavera Árabe (a onda de revoltas populares contra os governos ditatoriais do mundo árabe que culminou, entre outras coisas, com a queda do presidente egípcio Hosni Mubarak), a praça testemunhou mortes, repressão, gritos de esperança e ensaios de possíveis recomeços, mas hoje é apenas uma extensão árida e policiada onde se proíbe qualquer tipo de manifestação. Uma garagem subterrânea foi construída para esvaziar as ruas próximas e o chamado coração do Cairo pulsa contido. Virou um simples repositório, onde a história recente guarda sua coleção de cicatrizes. O fato é que, além de uma população silenciada, a instabilidade política e a ameaça do terrorismo têm sido responsáveis por uma queda brutal no número de turistas que visitam o país. Dá tristeza ouvir os egípcios falarem sobre o que isso representa para a economia – e é melancólico ver tão pouca gente em lugares que mereciam estar apinhados.

No caminho de volta para o hotel, avisto uma revoada de pombos. Depois outra, e logo uma terceira. O guia explica que a criação de pombos, no Egito, é um hobby e um esporte. Ele me mostra a imensa quantidade de pequenas torres no alto dos edifícios, onde os pombos são mantidos – há criadores que chegam a ter mais de duzentos nessas estruturas de madeira. Alguns proprietários competem, às vezes apostando em dinheiro, para ver quem consegue atrair mais aves de outros criadores para suas torres. Mas a maioria, segundo Mohammad, as cria por paixão mesmo. Os pombos são treinados para obedecer a sinalização feita por seus donos através de apitos, gestos e o acenar de bandeiras, e geralmente saem para voar quando o sol se põe. É a mesma hora em que as mesquitas convocam os fiéis para a prece do anoitecer. Chego ao hotel vendo o céu cortado pelas revoadas de pombos e ouço aquele chamado lento e incompreensível, que lembra terras distantes. As vozes dos muezins formam uma espécie de contraponto para a pressa caótica da megalópole. Há algo que nos faz parar ao ouvir aquele som. Algo desconcertante e forte. E sei que não me esquecerei dele tão cedo, mãe.

Subo para o quarto depois de ser parada no controle de segurança do lobby: a cada chegada é preciso abrir a bolsa, tirar o casaco, passar pelo raio x. A segurança ostensiva faz lembrar que é preciso ter medo. Mas os meus temores, curiosamente, parecem estar em repouso. Não sinto medo do Egito, e não sinto meus velhos medos.

No dia seguinte me despeço do Cairo com suas revoadas de pombos, suas ruas sem semáforos, seus edifícios semiacabados, seus mercados, suas mesquitas, e saio em direção ao destino mais esperado. Próxima parada: Alexandria, o lugar de onde seu pai saiu ainda criança. Aquele ponto no mapa que durante anos aguçou nossa imaginação agora é um lugar onde, finalmente, irei pisar. Por você, por mim, pela avó Tereza e por ele, o menino aventureiro que um dia embarcou num navio rumo ao desconhecido e jamais conseguiu voltar.

Beijos.
(sem assinatura)

Mãe,

Duzentos e vinte quilômetros separam o Cairo de Alexandria, uma distância que percorro com ansiedade infantil, perguntando ao motorista a cada dez minutos quanto tempo falta para chegar. Mohammad, o mesmo guia do Cairo, me acalma, talvez porque já calcule o tamanho da decepção que me aguarda – nesse caso, melhor não ter pressa. Mas a gente acaba chegando, e a frustração é inevitável, porque a distância que separa a Alexandria da minha imaginação (ou da nossa) e a cidade que encontro é gigantesca. Intransponível, quase. A vontade que eu sinto é de virar as costas, ir embora antes que não reste mais nada da minha cidade imaginária. Mas respiro fundo, faço o check-in no hotel depois de passar por mais um controle rigorosíssimo de segurança e saio para conhecer o lugar dos nossos possíveis antepassados. Mais que possíveis, prováveis. Mas sobre isso a gente fala depois. Antes vamos fazer um passeio pela Alexandria que eu não esperava encontrar.

Uma metrópole com mais de quatro milhões de habitantes. Um trânsito sob medida para matar as saudades do Cairo. Buzinas que impedem qualquer conversa civilizada. Poluição visual competindo com a sonora. E lixo, uma quantidade absurda de lixo, por toda parte. Como encaixar esta Alexandria nas fantasias que eu criei desde o primeiro dia em que ouvi as histórias sobre meu avô, a cidade a que você se refere no seu caderno de memórias como um lugar que te fazia sonhar? Não há encaixe possível. É preciso esquecer a cidade dos sonhos. Começar do zero. Educar o olhar. É com esse espírito que saio para conhecer o lugar onde seu pai nasceu. Uma cidade fundada quase quatro séculos antes de Cristo por Alexandre, o Grande. Capital do Egito durante cerca de mil anos. Cenário das paixões, do poder e do suicídio de Cleópatra. Do farol considerado uma das Sete Maravilhas do Mundo Antigo. Da biblioteca mais importante da antiguidade. Andar por Alexandria é percorrer a história, buscar vestígios, olhar para trás. E me dou conta de que faço isso duplamente: porque ali também é o lugar das nossas histórias, dos nossos vestígios, do nosso passado.

O tempo é curto, quase nada. Dois dias para cumprir uma agenda turística em um lugar imenso, confuso e cheio de locais para visitar. Agora é minha vez de pedir ao guia que relaxe. Não estou ali para fazer o tour obrigatório. Estou atrás da memória de um possível avô e de um possível pai.

Nossa primeira parada é no Corniche, calçadão margeando o Mediterrâneo. De um lado, o azul irresistível do mar, do outro, uma arquitetura belíssima. Mas... (e existe sempre um "mas" em Alexandria) há lixo na calçada; os edifícios estão sujos, dilapidados, semidestruídos, e o corredor de trânsito (infernal) separando os prédios e o calçadão não ajuda. Olhando de longe, o Corniche é um cartão-postal impecável. De perto... ah, como o perto dói às vezes. Dói imaginar o que deve ter sido aquela beira-mar no passado e comparar com o que se vê hoje. Mas seguimos em frente.

    Depois de comer um kushari, prato típico do Egito feito com arroz, lentilha, macarrão, molho de tomate e cebola frita (este sem qualquer "mas", para minha alegria), vamos visitar a nova Biblioteca de Alexandria, inaugurada em 2002, a poucos metros de onde se localizava a biblioteca da antiguidade. É um espaço impactante: projeto arquitetônico arrojado, uma sala de leitura com capacidade para receber dois mil e quinhentos leitores, museus, planetário – e o Mediterrâneo ajudando a compor o cenário. De lá, seguindo no Corniche, vamos até a Cidadela, ou Forte de Qaitbay. E é aqui, mãe, que meu coração começa a registrar de verdade onde estou. Agora a bússola dá a indicação precisa. No espaço aberto debruçado sobre o mar, avistando o porto de onde meu avô partiu, Alexandria volta a ser a cidade do imaginário, o território que eu sempre quis pisar – por você. Para que você pudesse sentir o chão onde o homem que você amou como pai deixou suas pegadas antes de embarcar naquele azul infinito, provavelmente sem ter ideia de onde iria chegar.

    Andamos sem pressa pela fortaleza construída no local onde ficava o Farol de Alexandria. O farol foi destruído por um terremoto no século XIV e supõe-se que vieram dele algumas das pedras usadas na construção do Forte de Qaitbay, no século seguinte. Pensar na história das navegações naquele trecho do Mediterrâneo, com todos os personagens que passaram (e desembarcaram) ali, guiados pela luz mágica do farol (dizem que ela tinha um alcance de quarenta e cinco quilômetros), é suficiente para nos fazer arrepiar. E ainda havia a nossa história, afetivamente e desde sempre ligada àquele lugar.

Volto para o hotel tomada por uma emoção imensa, sem enxergar a decadência do Corniche, sem avistar as pilhas inevitáveis de lixo, sem me incomodar com o trânsito congestionado. O hotel é o Cecil (Steigenberger Cecil), uma espécie de instituição de Alexandria. A lista de hóspedes e frequentadores incluiu Somerset Maugham, Churchill, Al Capone, Agatha Christie e Lawrence Durrell – que o transportou para as páginas do seu O Quarteto de Alexandria. Cheguei esperando encontrar um pouco (apenas um pouco) do glamour que atraiu tantos intelectuais e artistas na primeira metade do século xx. Mas o século é outro, e o Cecil também. A sinfonia de buzinas durante toda a noite não me deixa esquecer. No pouco tempo que consigo dormir, sonho com a avó Tereza. Vejo sua figura esguia na ponta da Cidadela de Qaitbay, olhando para um barco que se afasta rapidamente. Não há mais ninguém no forte. Só ela. E sua solidão fica ainda maior quando o barco desaparece. Acordo sentindo uma tristeza que aperta a garganta, comprime o peito, e então me lembro de um trecho de suas memórias em que você descreve os sofrimentos enfrentados por minha avó quando você era criança. Ao falar sobre a capacidade que ela tinha de te amar e proteger mesmo em meio a tudo o que estava vivendo, você escreve: "E ela sempre me carregando em seus braços frágeis, me elevando acima das ondas que a engoliam". Abro a janela do quarto, olho para o mar de onde partiu o navio carregando seu quase-pai e meu quase-avô e penso: eu poderia ter escrito o mesmo sobre você.

Beijos alexandrinos.
(sem assinatura)

Mãe,

No segundo dia, depois de cumprirmos o inevitável roteiro turístico (Catacumbas, Coluna de Pompeu, museus, palácios...), peço a Mohammad que ande comigo pela Alexandria não-turística – cidade onde eu poderia cruzar com os parentes do meu avô, se eu os conhecesse. O guia me leva para lugares de construções assustadoramente maltratadas, ruas cobertas por lixo e esgoto – a cidade crua e feia – e, em meio a tudo aquilo que nos expulsa, uma outra: nela, encontro a alegria dos feirantes nas ruas, os cafés, os pequenos armazéns, as mulheres de burca na fila do açougue, os carrinhos de frutas e verduras, as crianças brincando, os velhos tomando chá nas calçadas... e os olhares são doces, as palavras que eu não entendo me convocam, me acolhem. É como se eu conhecesse desde sempre aquele lugar e aquela gente e a língua fosse uma barreira insignificante porque há um afeto imenso que me aproxima daquelas pessoas e faz com que eu me sinta em casa – uma casa que protege e abriga e onde não é preciso ter medo.

Avisto um grupo de homens correndo, umas quarenta pessoas, e estranho o fato de ninguém olhar, como se fosse uma cena corriqueira. Pergunto ao guia e, com toda a calma, ele responde: "É um enterro". Um enterro? Com todos correndo, inclusive os que carregam o corpo? Mohammad explica que, quanto mais cedo o corpo for enterrado, melhor para o espírito. Por isso a pressa. Era de fato uma cena corriqueira – para eles.

Fotografo o que posso – com um imenso cuidado para não ser invasiva. E, enquanto tiro fotografias, vejo um senhor sentado na porta de um bar, fumando narguilé. Magro, miúdo, barba branca, vestido com uma djellaba cinza, ele sorri e faz sinal para que eu registre sua pose. Acabo tirando uma foto ao seu lado e, quando começo a me afastar, depois de agradecer, ele me convida para sentar e pede ao dono do bar que me sirva um chá. O guia fica de pé perto da mesa e vai traduzindo a conversa. Conto que sou do Brasil, que trabalho como jornalista, que é minha primeira visita ao Egito e, quando me calo, ele faz uma pergunta ao guia, apontando para o meu rosto e passando a mão no próprio rosto. Mohammad diz que ele quer saber se tenho parentes no Egito, porque meus traços lembram os das mulheres do seu país. Peço ao guia que repita o que acabou de me dizer, porque não acredito no que ouvi. Quando ele repete, respondo ao senhor que sim, que tenho raízes egípcias, que meu avô era de Alexandria, que saiu dali menino para se apaixonar por minha avó no Brasil... e aí choro o suficiente para competir com o Mediterrâneo. Porque naquela hora finalmente eu soube, mãe. Naquela hora tive certeza de que Latfalla Jamati foi seu pai – o pai que arrancaram de você quando tinha doze anos, assim como arrancaram seus cinco irmãos. E você passou uma vida carregando a dupla orfandade de ter crescido sem pai e de não saber de quem era filha.

Choro tanto naquela calçada suja de Alexandria que o velho egípcio, desconcertado, pede que me tragam mais chá. Em seguida, enfia a mão no bolso de sua djellaba, pega uma bolsinha de tecido e tira dela um amuleto, que me entrega, desejando proteção "na vida e na viagem": o olho de Hórus (Udyat), que representa o poder da cura. A história de Hórus, o deus solar, filho de Osíris e Isis, é extremamente interessante, mãe, mas muito longa para ser contada nesta carta – que já está comprida o suficiente. O que importa é que o olho era o símbolo mais forte de proteção entre os antigos egípcios e até hoje se acredita que ele afasta o mal e traz saúde, sabedoria e força.

Saio com meu olho de Hórus em direção ao Corniche e ao hotel onde as buzinas impedem os hóspedes de dormir. Não faz mal. Eu não conseguiria dormir mesmo. Pensando em você, que deixou este mundo sem saber quem foi seu pai, na avó Tereza, que nunca soube de quem você era filha, e no alfaiate que, sem saber que era seu pai (e ele era, agora eu sei), criava mosaicos coloridos de vidro para te alegrar.

No dia seguinte parto em direção a Luxor. Na bolsa de mão, seu terço e sua caixinha de substantivos agora vão ter que conviver com o amuleto do velho egípcio de Alexandria. Proteção não me falta. Será que é por isso que ando esquecida de sentir medo?

Beijos da Ana.

Mãe,

Para desembarcar em Luxor é preciso estar com o coração em forma. A beleza dos templos de Luxor e Karnak é tamanha que a sensação que a gente tem, quando chega, é de que os batimentos cardíacos aceleraram. Que alguma coisa dentro da gente saiu do lugar. Karnak é deslumbrante – e, assim que acabo de escrever "deslumbrante", sei que não é a palavra adequada. Talvez nem existam adjetivos apropriados para descrevê-lo.

    Shayma, minha jovem guia em Luxor, se desdobra citando nomes, datas, dinastias – uma aula de mitologia e história, enquanto caminhamos pelos templos. Mas fica difícil escutar, porque o que a gente quer mesmo é ver e sentir. Olhar e se emocionar. Não vou descrever o que vi, mãe, porque nossas cartas estão virando folhetos turísticos – e você já deve estar cansada. Vou dizer apenas que cada minuto em Luxor vale algumas horas, talvez algumas vidas. Cada segundo nos convence de que um dia será preciso voltar.

Além dos templos, vamos ao Vale dos Reis para visitar as tumbas dos faraós (entre elas a de Tutancâmon) cobertas de pinturas ilustrando o cotidiano e as crenças dos egípcios no período conhecido como Novo Império (1550-1070 a.C.). A beleza do Vale dos Reis bastaria para preencher a cota de emoção do dia, mas de lá vamos para o templo da rainha Hatshepsut, e a visão da fachada é impactante. A chamada rainha-faraó foi uma das mulheres mais fortes e poderosas da antiguidade egípcia (se o folheto turístico já não estivesse tão extenso eu te contaria a história dela), e é provável que tenha sido a mãe adotiva de Moisés. O templo guarda marcas terríveis do massacre de 1997: um atentado terrorista que deixou mais de sessenta mortos – e a presença ostensiva de soldados armados não nos deixa esquecer. Assim tem sido em todo o país: qualquer ponto turístico que se visite está cercado por guardas. Mas a gente acaba se abstraindo, se concentrando na riqueza do que há para ver. Ver e viver – porque eu vivi dois momentos em Luxor que marcaram a viagem. Começando por um passeio de charrete.

O passeio foi um presente da minha guia. Sabendo que eu queria conhecer o souk de Luxor, Shayma pediu a um primo que me levasse até lá. Achei que ele iria me deixar na porta e depois eu voltaria a pé para o hotel, mas não foi o que aconteceu. O jovem e intrépido egípcio entrou com charrete e tudo no mercado e foi percorrendo os corredores como se estivesse em via pública. O cavalo trotando, nós esbarrando nas roupas dependuradas, os vendedores acenando, as mulheres de burca se desviando do cavalo... e ele, o condutor da charrete, me ignorando solenemente. Perplexa, eu tentava fazer tudo ao mesmo tempo: tirar fotos, me segurar, falar com ele, me desviar dos obstáculos... e acabei rindo como há muito tempo não fazia. Quando encerramos o tour acelerado pelo souk, eu agradeci o condutor (que não aceitou *nenhum pagamento, alegando que era um presente da prima) e fui fazer minhas compras em estado de graça – aquela leveza que sucede as aventuras inofensivas.*

Aí veio o segundo momento. Depois de passar por bancas belíssimas e aromáticas de temperos, entrei numa loja de artigos de prata e, assim que comecei a olhar o que estava exposto, o dono da loja se dirigiu a mim em árabe. Em inglês, eu disse que não estava entendendo. Ele insistiu, e, quando viu que eu não estava compreendendo de fato, perguntou de onde eu era. Quando respondi que era brasileira, o comerciante me olhou bem e exclamou em inglês, com sotaque forte: "Brasileira? Como é possível? Você é 100% egípcia!". Ah, mãe, eu daria absolutamente tudo pra você estar ali naquela hora... Com toda a convicção do mundo, eu disse a ele que meu avô era egípcio. "Está explicado", o comerciante respondeu. E começamos a barganhar como bons egípcios que éramos. Na saída, avisto a charrete que me trouxe, com o condutor aparentemente à minha espera. Com o sorriso mais cativante do mundo, ele pergunta: "Winter Palace?" (meu hotel). Fazer o quê? Combinamos o preço e eu saio sacolejando pelas ruas, confiando na capacidade da dupla cavalo e condutor para nos desviar dos carros que passam raspando. Uma despedida e tanto de Luxor.

Mãe,

Imagino que você deve estar se perguntando como é que uma pessoa com depressão e síndrome do pânico enfrenta, sozinha, uma viagem para o Egito. Porque você se lembra de mim lutando para chegar inteira ao final de cada dia. Vivendo em suaves prestações (ou nem tão suaves assim). Havia dias que duravam semanas. Semanas que duravam meses. E era preciso inventar estratégias diárias para cercar a tristeza e não ser engolida pelo medo.

O pior passou mãe, eu te asseguro. Pena que não deu tempo de você ver. Quando eu embarquei com destino ao México, Egito e França, havia medo e tristeza na bagagem, eu admito. E, quando o avião decolou em Guarulhos, eu sabia que estava indo ao encontro do desconhecido. Mas para mim estava claro que eu precisava justamente dele para me fortalecer. Minhas referências estavam viciadas. Era hora de puxar meu próprio tapete. E assim fiz, sem qualquer arrependimento. Descobrindo a cada segundo de cada viagem que o caminho era esse mesmo. Mas a *gente volta a falar disso quando eu for te contar como foi a passagem pela França. Ainda falta um pedacinho do Egito. Faltam Aswan e Agatha Christie.*

Quando fui reservar o hotel em Aswan, último destino em solo egípcio, li que Agatha Christie tinha escrito Morte no Nilo no Old Cataract, um palácio do final do século xix às margens do rio. Foi a grande extravagância da viagem: reservei um quarto no Old Cataract, que cobra diárias caríssimas, só para ter o prazer de reler o livro no lugar onde ele foi escrito. E para, de certa forma, ficar perto da "nossa" Agatha Christie, que você leu e releu ao longo da vida, e fez com que eu me apaixonasse, ainda adolescente, pelo gênero policial. Passamos dela para outros autores (bem mais pesados...), meus irmãos compartilhando nosso gosto, e depois seus netos, até formarmos uma espécie de clube do livro policial na família – mas tudo começou com ela, a Dama do Crime. Eu me lembro de que, no último ano em que você ainda estava conseguindo ler, eu te dei dois livros de presente de Natal: um policial e um romance. Quando perguntei o que tinha achado da leitura, você respondeu: "Gostei muito do policial, mas o romance é sem graça. Falta...". A frase ficou em suspenso, porque você já estava com dificuldades para se expressar. Então sugeri: "Falta ação?". E você: "Não. Falta investigação". Agatha Christie nos deixou mal-acostumadas.

Chegando ao Old Cataract (maravilhoso, preciso te dizer), logo no check-in perguntei se era possível visitar a suíte onde Agatha Christie tinha se hospedado. O funcionário disse que era impossível, porque ela estava ocupada. Não sei por qual motivo não acreditei e, no final da tarde, insisti. Eu tinha acabado de tomar um banho, depois do cansaço dos passeios, e assim que comecei a ler o livro senti que precisava saber onde exatamente ele tinha sido escrito, porque tudo que ela descrevia eu podia ver da janela do meu quarto. Desci até a recepção e venci a resistência do funcionário. Ele pegou a chave da suíte (que não estava ocupada, logicamente) e me pediu para acompanhá-lo. Quando parou em frente à porta, naquele corredor enorme, e começou a girar a chave, não acreditei: a suíte ficava colada ao meu quarto. Havia inclusive uma porta (trancada, claro) interligando os dois. E o que eu senti naquela hora, mãe, sabendo que eu não estaria perto, mas sim colada ao quarto dela, foi mais forte do que a sensação que tive ao ver as pirâmides, por exemplo. Juro. E sei que você me entende.

Entro na suíte como se estivesse entrando num templo, cheia de reverência. Caminho quase nas pontas dos pés, com medo de perturbar os fantasmas. E encontro uma decoração linda, de luxo sóbrio e refinado. Percorro as salas de estar e de jantar, passo pelo escritório com a escrivaninha, entro no quarto com cama com dossel e avisto o banheiro com piso em mosaico preto e branco, quase me desculpando com nossa escritora por estar devassando sua intimidade. No final da visita, chego à janela para me certificar que a vista que ela tinha do Nilo e da área externa do hotel era idêntica à do meu quarto. E saio quase correndo para retomar a leitura do livro.

Ler Morte no Nilo naquele lugar foi uma das coisas mais interessantes que já me aconteceram na vida, mãe. No dia da visita à suíte, eu tinha feito um passeio de feluca, o barco a vela tradicional no Nilo. Tudo que vi nessa excursão – o embarcadouro, a ilha Elefantina, as cenas das margens do Nilo, a chegada de volta ao hotel, com a parada no terraço para tomar um chá de hibisco (servido desde sempre no Old Cataract) – está no livro. E a programação do dia seguinte também coincide com vários trechos escritos por Agatha Christie.

Acompanhada por Mahmoud (mais um guia perfeito), saio do hotel de madrugada para visitar o complexo de Abu Simbel. Os personagens de Morte no Nilo vão até lá de barco. Nossa viagem, com três horas de duração, é feita de carro, atravessando o deserto. Vemos o sol nascer no Saara, quase na fronteira com o Sudão, e chegamos aos dois "templos transplantados". Construídos por ordem de Ramsés II (um dedicado a ele próprio e o outro a sua esposa preferida, Nefertari), os templos tiveram que ser removidos de sua localização original quando foi construída a barragem de Aswan. Para não serem encobertos pelas águas do rio, na década de 1960 eles foram cortados em blocos e reconstruídos a uma distância de cerca de duzentos metros de onde ficavam – mudaram de endereço depois de três mil anos. Chegar lá e imaginar o que foi arrancar dois templos gigantescos da montanha onde foram escavados e transportá-los em pedaços para outra montanha, artificialmente criada, vale a viagem. Mas ainda tem a beleza de Abu Simbel. A imagem impactante das quatro estátuas de Ramsés II na fachada. A presença do deserto e das águas do Nilo. Enfim, Abu Simbel impressiona – muito. E deve ter sido uma visão e tanto para Hercule Poirot e outros personagens de Morte no Nilo, que conheceram os templos ainda no seu endereço original (o livro foi escrito em 1937).

Volto para o hotel depois da incursão pelo deserto, tomo o chá de hibisco que fazia a alegria de Poirot e mergulho no livro de sua criadora. Quando o sono chega, já não sei mais o que faz parte do livro e o que é real. Dou boa-noite à minha vizinha de quarto, fecho a mala com o coração apertado e me preparo para deixar o Egito.

Na manhã seguinte pego um avião para o Cairo, a caminho do meu próximo destino: Paris. E me lembro de Eça de Queiroz (meu venerado Eça) em seu livro de anotações de viagem sobre o Egito, falando da decepção que sentiu em Alexandria. "Oh, querida Alexandria (...), como tu nos foste fastidiosa e pesada!", desabafou. Nesta brevíssima viagem pelo país do meu avô, houve momentos em que eu senti esse fastio e esse peso. O Egito exaure e nos dá a sensação, às vezes, de que é mais do que gostaríamos: há sempre um excesso em tudo que se faz e que se vê, para o bem e para o mal. Mas há mais bem do que mal – e a gente, inadvertidamente, se apaixona pelo país. Saio carregando mil imagens (e mais de mil sons) dentro de mim. Mas acho que, acima de tudo, levo a imagem do senhor de Alexandria, que deixou seu narguilé de lado para me oferecer um chá e me ajudar a ter certeza de que você teve, de fato, o pai que queria.

Eu me esqueci de te contar, mãe, que, quando Mahmoud e eu saíamos de um restaurante em Aswan, descendo por uma escada íngreme, passamos por um casal que estava chegando e o homem, sem querer, esbarrou em mim. Ele começou a se desculpar efusivamente em árabe e não reparou que eu estava dizendo em outra língua que não tinha importância. Quando se deu conta de que eu estava falando inglês, ele me perguntou, também em inglês, de onde eu era e, quando respondi, me disse: "Eu poderia jurar que você era egípcia". Tive vontade de voltar e pagar o almoço deles...

Há um poema de Konstantinos Kaváfis, poeta de origem grega nascido em Alexandria, em que ele escreve: "diz adeus à Alexandria que de ti se afasta/ [...]/ e diz adeus à Alexandria que ora perdes". Quando o avião decolou naquela manhã de janeiro no Cairo, eu disse adeus ao país que de mim se afastava, mas não ao país que então eu perdia. Porque ir lá foi ganhar um avô e um país – e dar a você um país e a certeza de um pai. Naquela hora imaginei o velho alfaiate com seus caleidoscópios, eternamente acompanhado por seu cachorro Nilo, pensei na extensão *da travessia que ele fez até chegar a Redenção e se apaixonar por minha avó Tereza, no amor com que ele enrolava aqueles pedaços de goiabada nos retalhos de casimira para te deixar um pouco mais feliz – sem saber se era seu pai – e tive a certeza de que esse encontro com o Egito sempre foi inevitável. Era só uma questão de tempo até que ele acontecesse.*

Próxima parada: Paris. Outro encontro nos espera.

À bientôt!

Mãe,

Uma visita ao túmulo de uma escritora: quando é que a gente poderia imaginar que isso me levaria à França um dia? Mas foi o que eu te disse em outra carta: a viagem que decidi fazer quando deixei meu trabalho em São Paulo seria um deslocamento muito mais existencial do que geográfico. Não havia qualquer interesse em fazer turismo pelo mundo afora – menos ainda em empreender qualquer tipo de jornada que me ajudasse a me encontrar. Se eu voltasse melhor do que fui, do ponto de vista emocional, ótimo. Mas o objetivo não era esse, aliás, não havia um objetivo definido. O que havia era a vontade de voltar ao México, por tudo que o México representou na minha vida, o desejo de ir ao Egito para conhecer o lugar onde seu pai nasceu, e a decisão impulsiva de "visitar" a escritora que havia nos ensinado a sonhar com o amor romântico (ah, o amor romântico...). A viagem México-Egito-França, acima de tudo, seria um

encontro entre você e eu. Nossas histórias, nossas falhas, nossos sonhos tão semelhantes, nossos casamentos fracassados, nosso amor infinito (ainda que desajeitado) de mãe e filha – tudo isso eu carreguei na mala.

Quando finalmente chego ao hotel em Paris, na terceira e última etapa da viagem, sei que estamos juntas, mas de uma forma diferente. Não há culpas, nem cobranças – acima de tudo, não existe a responsabilidade massacrante de nos fazermos felizes. Talvez por isso mesmo eu queira tanto te alegrar com estes relatos, mãe: porque não é preciso. E talvez exatamente por isso eu me sinta mais leve e mais esperançosa: porque não tenho mais a obrigação de ser feliz. Faz sentido? Respondo por você: faz.

O hotel fica na praça Saint-Sulpice, em Saint-Germain-de--Prés, uma das minhas regiões favoritas de Paris. Abro a janela do quarto, apesar da temperatura de quatro graus centígrados, e tenho a sensação de que, se esticar o braço, serei capaz de tocar na igreja de Saint-Sulpice. A igreja onde Baudelaire e o Marquês de Sade foram batizados, e onde Victor Hugo se casou, fica a pouquíssimos metros do hotel e vê-la à noite tão de perto – com sua imensidão e suas sombras – chega a ser aflitivo. Ao mesmo tempo, é fascinante. Ela tem uma fachada imponente e duas torres assimétricas. A torre norte, cinco metros mais alta, é aberta a visitas, e no passado era nela que moravam os sineiros da igreja. Na torre sul, inacabada e fechada ao público (ela fica ao lado da janela do meu quarto), dizem que mora um casal de falcões.

Vou me deitar cansada – e ainda sem medo. Desde que deixei São Paulo para embarcar nessa espécie de peregrinação afetiva, meu medo crônico recuou. Nenhuma crise de pânico em todos esses dias de viagem. Apago a luz e começo a me lembrar, não do terror vivido nas crises, mas daquele medo difuso que eu sentia na nossa casa em Redenção. Eu me lembro do meu pai atrás das portas, nos escutando. Chegando armado, dizendo que iria te matar. Me esperando depois do banho na banheira rosa. E sempre nos vigiando, nos espreitando. Aquele medo, que parecia menor do que o terror do pânico, talvez fosse o pior de todos, porque foi o medo inaugural. Estar livre dele é me sentir desamarrada, cercada de janelas que eu consigo abrir e que me deixam respirar.

O quarto escuro do hotel não me ameaça. Nem a solidão nesta cidade que não é minha. Pouco antes de fechar os olhos, penso nos falcões da Saint-Sulpice. Com certeza estão dormindo. Mesmo assim, me sinto acompanhada por eles. Imagino a escuridão dos seus olhos, mais profunda do que a noite lá fora. Mas não sinto medo. Saber que eles não me vigiam – apenas acompanham meu sono – me faz esquecer todas as noites. Até a mais terrível delas, que era a noite que eu enxergava nos olhos do meu pai.

Bonne nuit.

E beijos da Ana.

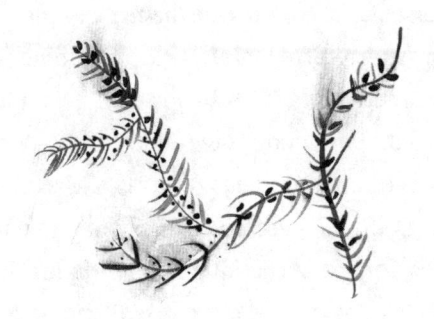

Mãe,

O segundo dia em Paris começa com uma ida à Saint-Sulpice. Paro logo na entrada para ver os murais de Delacroix na Chapelle des Saints-Anges. Depois passo na capela dedicada a Santo Antônio, para quem você me ensinou a rezar ainda criança, e fico alguns minutos em frente à Chapelle de la Vierge, que me desconcerta com sua beleza carregada e estranha – e a iluminação dramática parece deixar tudo ainda mais sombrio. Tento me concentrar na imagem (belíssima) da Virgem com o Menino Jesus, mas há algo naquela capela que me aflige. Conto com a compreensão de Nossa Senhora e saio sem ter rezado como gostaria. Atravesso a praça na manhã gelada de janeiro e enfrento a caminhada até a estação de onde sai o trem para Versalhes. Hora de visitar os irmãos Delly.

    Em Versalhes, na Gare de Versailles-Rive-Gauche, desembarcam centenas de turistas ansiosos para conhecer o castelo de Luís xiv. Meu destino é outro: o cemitério de Notre-Dame.

Assustada com o frio (bem pior que o de Paris), entro numa brasserie próxima da estação e tomo uma taça de vinho tinto, acompanhada por queijos com geleia e mel. Agora, sim, estou pronta para andar até o Notre-Dame. Dou voltas, me perco, mas eventualmente chego à Rue des Missionnaires, onde descansam os Delly. Lá, peço ao zelador que me ajude a localizar o túmulo dos irmãos. Achei que seria simples. Eu tinha os nomes completos dos dois e, além disso, imaginei que o túmulo receberia muitas visitas. Engano meu. O zelador, que nunca tinha ouvido falar em M. Delly, gasta mais de meia hora para localizar os nomes de Jeanne Marie e Frédéric em fichas de papel, guardadas em arquivos que lembram os do cemitério de Redenção. Peço a ele que me acompanhe e, quando me deixa sozinha, depois de apontar o local, ando alguns passos e me vejo diante de um túmulo cinza e singelo, decorado com uma cruz coberta por flores de biscuit. Na lápide se lê: Famille Petitjean de la Rosière. E, no centro da cruz, num espaço aparentemente destinado à colocação de velas, páginas encharcadas de um livro de M. Delly mostram que não sou a única leitora dela a passar por ali.

Não consigo descrever, mãe, o que sinto diante daquele túmulo. E sei que ninguém além de você entenderia o que eu fui fazer ali. Não preciso dizer que chorei – você já sabe. E nem tenho que falar o quanto eu queria sua presença física ali comigo, porque disso também você tem consciência. Naquele momento, naquele cemitério de Versalhes, o passado – nosso passado em Redenção – vem com tanta força que é difícil saber onde estou. Impossível separar o que vivemos, enquanto estávamos juntas, do tempo presente, em que eu me encontro só. Ali, naquele instante, sua falta dói mais do que eu jamais imaginei.

Enxergo o caderno onde você copiou as frases de M. Delly: algumas vezes se identificando com o que viviam as heroínas dos romances; outras, buscando nelas o que faltava em sua própria vida. Imagino, diante do túmulo dos dois irmãos de quem você não conhecia nem os nomes, quanto do seu cotidiano foi dividido com eles. Você me disse que aprendeu a sonhar com M. Delly. A esperar o "homem bom", o amor que respeita, o final feliz para as mulheres de bem. Quando sua vida e seu casamento provaram que nem sempre as heroínas têm o enredo que merecem, você não brigou com os romances de Jeanne Marie e Frédéric. Ao contrário, mais do que nunca precisava deles. E tanto eles te ajudaram que você me ensinou a amá-los num tempo em que aquelas histórias à l'eau de rose já não faziam sentido, não para minha geração.

Minha devoção anacrônica aos romances de M. Delly, que depois seriam trocados pelos de Eça de Queiroz e Dostoiévski, durou um bom tempo. E as mesmas fantasias que haviam povoado seu imaginário tomaram conta do meu. Você jamais encontrou o homem bom. Eu o encontrei, mas não consegui amá-lo. E minha avó Tereza? E minha bisavó Olinta? Será que as histórias de amor bem-sucedidas estavam definitivamente fora do nosso alcance? Não haveria jamais um final feliz para as mulheres da nossa família? Nunca acreditei no "juntos para sempre" – não para mim. Era muito. Muita responsabilidade. Muito peso. Mas eu queria o "juntos por um bom tempo", "juntos algumas vezes". E isso ainda não tinha acontecido. No meu roteiro com o Miguel, as cenas eram de "juntos, mas infelizes".

Olho para as páginas dos livros de Delly, derretidas pela chuva. As flores frágeis colorindo de forma acanhada o cinza impiedoso do túmulo. Imagino a vida de Jeanne Marie na casa de Versalhes: cuidando de um irmão doente, saindo só para ir à missa, tentando afastar as memórias do único homem que amou e que não a quis. A saída que ela encontrou para conviver com a decepção amorosa e a solidão foi criar um universo onde as mulheres amam e são amadas, e podem ser frágeis como as flores de biscuit. Há sempre um homem forte que as resgata e protege, cobrindo-as de diminutivos. As heroínas de M. Delly têm "rostinhos", "mãozinhas", suas faces se "cobrem de rubor" com frequência, elas sentem vertigens, desmaiam por qualquer coisa, e há sempre um herói por perto, um nobre "de feições viris" que socorre a mocinha delicada, porque ela é "virtuosa", "casta", "bondosa", e se casa com ela, que se vê recompensada por ser órfã, bastarda, pobre, excluída (não há heroínas nobres ou ricas).

Jeanne Marie, que para mim é a verdadeira e única M. Delly (vejo Frédéric como um coadjuvante nessa história toda), precisou criar no papel os amores que ela nunca teve a chance de viver. Com isso, durante mais de quatro décadas, fez mulheres de mais de vinte países, onde seus livros foram publicados, acreditarem que elas encontrariam o grande amor. Que um dia o homem forte e viril apareceria com o único intuito de amá-las e fazê-las felizes. A realidade pode ter sido decepcionante para muitas delas, como foi para nós duas. Mas acho que o tempo que se consome sonhando com um amor nunca é tempo perdido. Pior seria se M. Delly tivesse ensinado as mulheres de quatro gerações a não sonhar, porque um sonho fantasioso é sempre melhor do que nenhum sonho. Concorda comigo?

Enquanto penso em tudo isso diante daquele túmulo desbotado, sua falta crescendo dentro de mim, resolvo pegar alguns cacos de louça branca que tinha avistado quando cheguei, caídos junto à sepultura. Alguma jarra que o vento derrubou, pensei quando os vi. Espalho os cacos sobre o túmulo e vou aproximando os pedaços, como se fossem um quebra-cabeça. Tudo indica que era mesmo uma jarra pequena, mas as peças não se encaixam. Começo então a virá-las, e me surpreendo: no lado que tinha ficado voltado para baixo, a louça tem uma estampa rosa e dourada – flores e letras. Recomeço o quebra-cabeça e lentamente as formas aparecem, o rosa de pequenas flores e o dourado das letras. E o mais surpreendente, mãe, é que, enquanto das flores faltam pequenos pedaços, as letras estão todas ali. E formam a seguinte frase: Tout passe, tout s'efface, hors le souvenir (Tudo passa, tudo se apaga, menos a lembrança). Leio, releio, mais de uma vez, e a emoção é tão grande que sinto a necessidade de compartilhar com alguém, mas o cemitério está deserto. No túmulo ao lado, um busto imponente de bronze me espreita. Eu me aproximo e vejo que é de um M. Pichereau, que foi secretário do sindicato dos padeiros de Paris e morreu em 1909. Mas ele me olha com indiferença profunda, alheio ao meu choro solitário e à chuva fina que começa a cair.

Volto ao túmulo de Delly, recolho os cacos, devolvo todos ao chão onde estavam, protegidos por um tapete de musgo, e saio do cemitério de Notre-Dame alimentada por sua lembrança: a lembrança de uma mãe que nunca errou porque quis. Ela sim, me acompanhará para sempre. Pensando bem, não deixa de ser um final feliz.

Amanhã te conto mais.

Beijos.

Mãe,

Depois de me mandar um recado em forma de quebra-cabeça, M. Delly colocou um homem interessantíssimo no meu caminho. Forte, como seus heróis? Não muito. Viril? Na medida certa. Nobre? Não, graças a Deus. Decidido a me resgatar da minha solidão, provando que o grande amor existe? Também não, definitivamente. Ele apenas me resgatou da chuva que caía. E provou que a delicadeza não morreu.

    Foi na volta da visita ao Notre-Dame. Como eu havia me perdido na ida, na saída perguntei ao zelador qual era o melhor caminho para a Gare de Versailles-Rive-Gauche, mas, depois de uns três quarteirões seguindo as indicações dele, achei que estava na direção errada. Na rua não havia ninguém para dar informações e nem marquises para eu me abrigar da chuva – fina, mas insistente. Sem saber o que fazer, vi quando um carro estacionou do outro lado e um homem desceu. Corri para alcançá-lo e, quando ele já ia entrar numa casa, cheguei ofegante e perguntei se poderia me ajudar. Expliquei que queria ir até a estação e não tinha ideia de onde estava. "Primeiro, saia da chuva", ele disse. E me convidou para entrar. Era um escritório de arquitetura, e ele brincou com três pessoas que estavam trabalhando ali, dizendo que tinha acabado de encontrar uma turista perdida. Depois de me explicar pacientemente o caminho, perguntou de onde eu era. Quando respondi que era do Brasil e me apresentei, ele disse que era português, arquiteto, se chamava Nuno, morava em Paris e estava em Versalhes a trabalho. Agradeci por tudo e já ia saindo quando um jovem do escritório perguntou se eu iria na chuva mesmo. Quando respondi que sim, Nuno me disse em português: "Se você não tiver hora marcada, é melhor esperar até a chuva passar. Enquanto isso, venha tomar um café para esquentar". E foi andando para o interior do escritório, onde ficava a cafeteira.

Eu não sabia se olhava para as minhas botas encharcadas, morrendo de medo de sujar o chão, ou para os olhos dele, que não se desviavam dos meus. Pegamos nossas xícaras de café, nos sentamos num canto do escritório e começamos a conversar. Expliquei o motivo da minha ida a Versalhes (e ele achou tudo curiosíssimo, claro). Perguntei sobre seu trabalho. Disse o quanto amo Portugal. Ele me contou sobre uma viagem que fez ao Rio. E, enquanto isso, em pensamento, eu pedia à alma de M. Delly que não deixasse a chuva parar. Ela me atendeu. Fiquei ali quase uma hora, querendo ficar uma semana ou um mês. Por um único motivo: na saída de um cemitério, Nuno tinha feito renascer as sensações que, desde o México, estavam adormecidas (eu já te disse: a vida adora uma ironia). Falei muito (mais do que deveria). E ouvi muito também. Trocamos telefones, e-mails e breves histórias de vida. Ele era divorciado e tinha dois filhos em Portugal. Não disse nada sobre Paris. E eu falei burocraticamente sobre meu estado civil. Mais burocraticamente ainda sobre o fato de não ter filhos. Ele me perguntou se eu voltaria a Versalhes e eu disse que sim, no dia seguinte (depois te conto o motivo). Combinamos um café perto da estação, mas eu passaria para encontrá-lo no escritório, porque estava decidida a fazer uma nova visita ao túmulo dos Delly. Na porta, ele disse que a chuva de Versalhes vinha atrapalhando muito seu trabalho, e completou: "Mas hoje eu fico grato a ela por ter te trazido aqui". Eu devo ter ruborizado como as heroínas de Jeanne Marie. E ameacei sentir uma pequena vertigem, como elas. Mas, como os tempos são outros, desci a rua quase correndo, em estado de pura euforia. Louca para chegar ao hotel de Paris e separar a roupa que eu usaria no próximo dia. Ah, mãe, a gente não se emenda... Quem mandou ler Delly na adolescência? Mas eu não estava sonhando com o grande amor, juro. Estava apenas sonhando – e sentindo. Desta vez, sem marido me esperando em casa e sem uma mãe decidida a me ver casada e feliz. Ah, que sensação fantástica... Minha idade deve ter diminuído uns quinze anos naquela hora. E eu embarquei no trem apinhado de turistas – todos com aparência exausta – me sentindo pronta para o que viesse. Pronta até para o fato de nada vir. O momento bastava. O que não quer dizer que eu não gostaria que outros momentos ocorressem. E sei que você deve estar rezando como fazia na minha adolescência, pedindo a Deus para eu "ter juízo". A essa altura, mãe?! Nem de brincadeira.

Beijos meus e dos irmãos Delly.

Mãe,

No dia seguinte saio cedo de Paris para tentar fazer o que eu mais queria nesta viagem à França: visitar a casa onde Jeanne Marie e Frédéric moraram em Versalhes e onde escreveram seus livros. Eu já tinha tentado, numa viagem anterior, e fiquei decepcionadíssima ao constatar que ninguém em Versalhes sabia quem tinha sido M. Delly. Não há livros dela (deles) para comprar nas livrarias. Na Secretaria de Turismo, nunca ouviram falar em Delly. No arquivo público, depois de horas, consegui um endereço para alguém da família Petijean de la Rosière que simplesmente não existia. Ou seja, a história de um dos maiores fenômenos editoriais da primeira metade do século xx tinha sido apagada. Depois de passar um dia inteiro procurando a casa dos irmãos, acabei voltando para Paris sem conhecê-la e sem visitar o cemitério onde estavam enterrados.

Para não correr o mesmo risco, fiz algo diferente desta vez: recorri a uma jornalista mineira que mora em Paris e pedi que ela fizesse uma pesquisa para mim. Deu certo. Cláudia não só descobriu o endereço como foi a Versalhes no dia 24 de dezembro, pouco antes da minha viagem, gravou um vídeo em frente à casa e me mandou de presente de Natal. Só havia um problema: os nomes dos moradores atuais não constavam em lugar algum. Foi impossível descobri-los para tentar um contato por telefone ou e-mail. O único jeito, ela sugeriu, era chegar lá, tocar a campainha e contar com a sorte.

Sigo a sugestão, neste janeiro de temperaturas cruéis. Passo antes numa loja de flores, peço para fazerem um buquê de lírios amarelos e caminho por uns dez quarteirões até encontrar a casa do vídeo. Só de ver a fachada – linda, linda... – sinto uma emoção gigantesca. Tiro várias fotos, morrendo de medo de aparecer alguém na janela, e aí é hora de tentar a sorte. Gelada de frio e de ansiedade, toco a campainha. A chance de alguém atender, num dia de semana e no meio do dia, é pequena. A de me deixarem entrar, em tempos de ameaça terrorista, é zero. Mas... quem sabe.... Quando me preparo para tocar a campainha pela segunda vez, uma mulher com aquele charme francês único abre a porta. É a dona da casa. Pergunto se ela fala inglês. Um pouquinho, responde. Usando o pouquinho de francês que eu falo e recorrendo ao inglês para preencher as lacunas, tento explicar o que estou fazendo ali. Sem abrir a porta de todo, ela pede que eu repita. Afinal, não é todo dia que uma estrangeira que você nunca viu na vida chega sem avisar, toca a campainha de sua casa e dá a entender que gostaria muito de entrar, ao menos na sala. Ela me ouve, perplexa.

Minha última esperança: os lírios amarelos. Entrego o buquê a ela, acompanhado de um envelope do meu hotel em Paris. Digo que dentro do envelope está um papel com o número do meu quarto, meu e-mail, e uma explicação mais clara do motivo da minha visita (por escrito é tudo mais fácil). Ela agradece muito pelo buquê e eu digo que, caso ache que seria possível eu ver pelo menos a sala da casa dos escritores que marcaram minha adolescência e a vida da minha mãe, é só entrar em contato que eu volto a Versalhes no dia seguinte, véspera do meu retorno ao Brasil. Agradeço imensamente e me despeço. Mas, quando começo a me afastar, a dona da casa me chama e pergunta se eu teria que voltar só para ver o imóvel. Quando digo que sim, ela faz uma pausa, me olha, e diz: "Não faz sentido você vir a Versalhes só para isso. Eu te mostro agora".

Assim foi, mãe. De repente, eu me vejo na casa onde Jeanne Marie e seu irmão viveram até suas mortes, ela em 1947 e ele em 1949. A proprietária conta que comprou o imóvel há pouco mais de quinze anos e tentou preservar ao máximo as características originais. Primeiro ela me mostra a sala que eu tinha pedido para ver. Mas depois prossegue, sem que eu peça. Chegamos à sala de jantar, com uma pintura do porto de Boston em uma das paredes. "Eles faziam suas refeições aqui, olhando para esta pintura", diz. Passamos pela cozinha, com as janelas dando para o jardim dos fundos. Depois ela começa a subir as escadas e eu não acredito: será que vai me mostrar os quartos? Sim. Primeiro me leva até o quarto de Frédéric. Em seguida entramos no de Jeanne Marie. Quartos imensos, com móveis antigos e paredes pintadas em diferentes tons de azul. Faço perguntas. Olho tudo em volta. E tudo é lindo. E, claro, me lembro de você. É preciso dizer?

Saio me desculpando pelas lágrimas e, já na rua, ela mostra a chaminé da casa, onde estão gravadas as iniciais dos dois irmãos. Começo a caminhar em direção ao cemitério de Notre-Dame ainda sem acreditar: na sorte, na gentileza daquela mulher que nunca havia me visto e me recebeu, e na capacidade que a vida tem de transformar o improvável (ou o *extremamente improvável) em algo possível. Chego ao túmulo dos Delly e me ajoelho, para rezar por eles e agradecer a Deus – sei que você pediu a Ele para nunca me perder de vista, e Ele tem me acompanhado em todos os continentes nesta viagem. Quando os joelhos começam a doer, acabo me sentando na beirada do túmulo (os irmãos perdoam) e, enquanto estou ali, me lembrando da casa que acabei de visitar e contemplando os cacos de louça, que estão exatamente onde os deixei na véspera, começa a cair uma chuva daquelas que assustam até os mortos. Um temporal, de repente. Saio correndo, tentando me proteger com a sombrinha do hotel, e ela tenta bravamente cumprir seu papel, mas não consegue. O vento praticamente a destrói e chego ao escritório de arquitetura meia hora antes do previsto, encharcada dos pés à cabeça. Nuno me resgata, mais uma vez. Pega meu casaco e coloca perto do aquecedor. Joga a sombrinha no lixo. E me leva até o banheiro, para eu me enxugar. Quando me entrega a toalha, vê que estou constrangida de usá-la e começa, ele próprio, a enxugar meus cabelos. Melhor parar por aqui, mãe. Porque você não vai gostar de saber o que eu senti e nem a sequência da cena. Digamos apenas que a emoção foi mais forte do que tudo que eu senti na casa e no túmulo dos Delly. E menos nobre, eu sei.*

Quando a chuva diminuiu, fomos para um café próximo ao escritório. Conversamos durante duas horas, e eu só sei que foram duas porque estava atenta ao horário do trem. Dizer que eu não vi o tempo passar é um clichê que não me serve. Foi mais que isso. Nuno me acompanhou até a estação e nos despedimos com a certeza de nos rever um dia.

Chego ao hotel da Place Saint-Sulpice e só aí noto que minhas botas e meias ainda estão encharcadas. Tomo um banho bem quente, peço um croque monsieur para comer no quarto e vou dormir depois de dar boa noite aos falcões da igreja. Mais uma vez, sei que seu olhar atento acompanhará meu sono. Sem me vigiar e sem julgar. Há muito tempo não me sentia tão feliz.

Beijos.

[Nuno]

Quando ele pegou a toalha, enxugou minhas mãos, meus braços, meu rosto – e depois apertou a toalha nas pontas dos meus cabelos e torceu, me olhando pelo espelho – eu tive certeza de que aquele segundo encontro não seria o último. E não haveria pressa para que o terceiro acontecesse. Nuno dependurou a toalha, passou as mãos bem devagar no meu rosto, no contorno da boca, no pescoço – eu ainda de frente para o espelho – e parou. Ficamos alguns segundos estáticos, até que comecei a andar em direção ao escritório e ele me seguiu.

Enquanto meu casaco secava, e ele me contava histórias de Portugal, prometendo me levar um dia à Manteigaria, em Lisboa, para comer pastéis de nata que saem do forno anunciados por uma campainha, eu tentava pensar no Egito, na casa dos irmãos Delly, no cemitério (tão próximo...), mas nenhuma imagem segurava meu pensamento. Eu só conseguia enxergar aquele homem que tinha acabado de apertar meus cabelos com uma toalha úmida e tinha acordado, com esse gesto, tudo o que eu havia sentido com o Héctor e acreditava estar morto, ou, pelo menos, profundamente adormecido.

Quando o temporal passou, ele me ajudou a vestir o casaco e descemos a rua em silêncio, até chegar ao café. Depois da primeira xícara, retomamos a conversa. E eu me dei conta de que seria muito fácil amá-lo profundamente. Os olhos escuros e doces, os cabelos mais grisalhos que castanhos, o senso de humor impecável, a fala inteligente e comedida... Nuno não era o herói forte e viril da Delly, nem eu era a mocinha virtuosa, de tez de porcelana, alma pura e olhos baixos. Éramos um homem e uma mulher com um passado longo e complicado, morando em continentes diferentes no presente, e vividos o bastante para não querer adivinhar o futuro, ou construir possíveis enredos para nós dois. Quando chegou a hora de ir, Nuno me acompanhou até a Gare de Versailles-Rive-Gauche e nos beijamos na plataforma – um beijo público e envergonhado – e repetimos mil vezes que nos falaríamos por telefone e por e-mail. Suas luvas tinham ficado no escritório e, quando o trem já estava quase chegando, ele colocou as mãos geladas nos bolsos do meu casaco. Foi a intimidade desse gesto que me deu a certeza de que havíamos, de fato, nos aproximado. Uma toalha apertando meus cabelos e as mãos se abrigando no meu casaco: com dois gestos apenas, Nuno me fez sentir o desejo mais intenso e o carinho mais raro. Não precisava mais.

Mãe,

Último dia em Paris. Último dia de viagem. Acordo cedo, faço uma caminhada curtíssima no Jardim de Luxemburgo (o frio não me deixa continuar) e pego um táxi até o número 38 da rua du Faubourg Saint-Jacques. Capítulo final da saga Delly. Esse é o endereço da Société des Gens de Lettres, associação dos escritores franceses fundada em 1838 por Balzac, Victor Hugo, Alexandre Dumas e George Sand – e responsável pelo acervo dos irmãos de Versalhes. Depois de algumas tentativas e trocas de e-mails, Cláudia, a jornalista mineira, consegue a autorização para que eu tenha acesso aos manuscritos dos romances. E finalmente me vejo diante da sede da Société, uma construção do século XVIII com uma história curiosa.

A mansão, conhecida como Hôtel de Massa, ficava originalmente na avenida Champs-Elysées, mas em 1928 foi comprada por empresários interessados em construir no local um complexo de lojas e escritórios. Eles doaram o imóvel ao Estado, com a condição de que fosse cedido à Société des Gens de Lettres. E a mansão foi "transplantada", pedra por pedra, para os jardins do Observatório de Paris, na rua du Faubourg Saint-Jacques – um processo idêntico ao que ocorreu com os templos de Abu Simbel no Egito.

Só a história e a beleza da construção já justificariam a visita à Société. Mas quando entro, passo por um espaço chamado de Salle Delly, em homenagem aos irmãos, avisto um retrato de Balzac e me vejo diante dos manuscritos, aí, sim, fica claro que todo o esforço valeu a pena. Só para lembrar algo que mencionei em outra carta: Jeanne Marie e Frédéric deixaram parte de seus recursos e a totalidade de seus direitos autorais para a Société des Gens de Lettres, com a condição de que o dinheiro fosse usado para dar assistência a escritores doentes e idosos. Por isso existe a Salle Delly na associação. E por isso ela é responsável pelo acervo dos irmãos.

Tenho acesso a uma parte pequena do material. E fico surpresa quando o diretor, extremamente gentil, me deixa sozinha numa sala, para examiná-la à vontade. Há documentos, contratos, certidões de nascimento e de óbito, mas a grande preciosidade são os cadernos com os romances manuscritos por Jeanne Marie, com aquela caligrafia aprendida em colégios de freiras – letras desenhadas como as suas, mãe. Leio os títulos nas primeiras páginas, começando por La maison des belles colonnes. Vejo as correções, as trocas de palavras, e fico frustrada por meu francês precário: queria entender melhor o processo da escrita, revelado ali por inteiro. Mesmo assim, é uma oportunidade fantástica. E o que mais me emociona naqueles cadernos escolares comprados no Au Bon Marché é ver nas últimas páginas o registro do cotidiano dos irmãos: anotações de compras em armazéns, contas do mês, enfim, o dia a dia absolutamente prosaico de uma casa como outra qualquer, registrado nos mesmos cadernos onde nasceram as histórias que encantaram pelo menos quatro gerações de mulheres. Ali estão as duas Jeanne Marie: a que se desdobrava entre os cuidados com a casa, o irmão doente e a igreja, e a que transcendia esse cotidiano sem brilho criando romances que, mais do que ensinar milhares de mulheres a sonhar, permitiam a ela própria o acesso a um mundo que só poderia existir no papel.

Saio dali emocionada e triste – aquela tristeza difusa, que a gente quase não se permite sentir – por estar me despedindo de uma mulher que não conheci, mas de quem me aproximei tanto nos últimos dias. Depois de ver seus cadernos, sua caligrafia, sua casa, seu túmulo, o quarto onde ela dormia e as contas do armazém, não há mais como ser apenas alguém que no passado lia M. Delly.

Da Société des Gens de Lettres, vou para a Grande Mesquita (Grande Mosquée de Paris), um lugar que sempre tive vontade de conhecer. Passeio pelos jardins e pelas áreas permitidas do interior – tudo mais bonito do que eu esperava – e depois acabo me sentando no salão de chá ligado à mesquita, para tomar o famoso thé à la menthe (chá de menta) do local. Enquanto saboreio o chá (com uma quantidade de açúcar que poderia ser repartida entre uma dúzia de xícaras) e me lembro, inevitavelmente, do El Fishawy, no Cairo, onde o chá à la menthe compete com o narguilé, vejo um homem entrar apressado e, por alguns segundos, sou capaz de jurar que é o Nuno. Meu coração vem à boca, onde está depositado todo o açúcar do universo, e começa a bater enlouquecido. Mas não é ele, e nem poderia ser, porque o que estou vivendo naquele momento é a vida real, e não uma passagem de um romance de M. Delly. Quer saber a verdade? Se fosse o Nuno eu me decepcionaria, porque desconfio muito desses "finais felizes".

Volto para o hotel, tomo uma taça de vinho enquanto faço as malas (chá de menta tem limites...) e olho uma última vez para a torre da Saint-Sulpice: daqui a pouco o casal de falcões chegará para me fazer companhia. Pego sua caixinha de substantivos (como eles andaram, mãe...), seu terço e o olho de Hórus que ganhei do velho de Alexandria. Esses vão na bagagem de mão, na condição de itens pessoais e intransferíveis.

Segundo a mitologia egípcia, Hórus perdeu o olho esquerdo num combate com Seth, seu tio, que havia assassinado Osíris, seu pai. Seth teria arrancado e cortado o olho do sobrinho em seis pedaços. Mas Thot, deus da sabedoria e da mágica, conseguiu reconstituí-lo e o devolveu a Hórus, que por sua vez o deu ao pai, fazendo com que ele voltasse à vida. Por isso acredita-se que o amuleto com o símbolo do olho de Hórus restaura, regenera e ajuda a curar.

Nesta última noite da viagem, penso nas possibilidades infinitas que a gente tem de juntar pedaços, colar o que está quebrado, trazer de volta à vida, refazer, recriar. As imagens passam uma a uma por minha cabeça: os cacos de louça do túmulo de Delly, que, juntos, formaram uma frase; as pedras da Société des Gens de Lettres e as dos templos de Abu Simbel, removidas, transplantadas e recriadas; o anjo dourado do México que, depois de um terremoto voltou ao seu pedestal, e os pedaços do olho de Hórus, que trouxeram a vida de volta depois de restaurados.

Penso no gosto do mojito nos lábios do Héctor, nos pastéis de nata que ainda hei de comer com o Nuno, no bandolim que meu avô te ensinou a tocar, nas panelas que seu noivo esculpiu como prova poética de amor, e no meu pai que não conseguiu nos amar... Ah, mãe, o filme que vejo é infinito. E, mesmo quando triste, é de uma beleza pungente, uma beleza que cura o espanto da alma e levanta a sombra do olhar.

No quarto ao lado, alguém ouve Manu Chao. Qué horas son, mi corazón?, ele canta. Hora de voltar, penso. Que voy a hacer? Je ne sais pas. Que voy a hacer? Je ne sais plus, ele continua. Tenho vontade de responder: Yo tampoco. Porque ainda não sei o que vou fazer quando chegar. Não sei o que me espera. Não tenho a menor ideia de quais mudanças farei na minha vida. Mas sei que é hora de ir.

Amanhã te escrevo pela última vez. Será um longo P.S. em forma de carta. E sei que, de alguma forma, você irá responder.

Beijos.

Mãe,

Voltando à sua carta, a que você deixou para eu ler depois que morresse, e que me levou a te escrever. Nela, você diz que aprisionou minha personalidade com suas obsessões e suas neuroses, e descreve sua fixação com a ideia de me ver feliz – com tudo o que isso acarretava. "Desde que você nasceu, foi sempre assim", você escreve. "Não lutei mais por mim. Lutei sempre, e muito, por você. Não admiti nunca que você errasse, que você chorasse, que você sofresse. E o tempo, a idade, a solidão foram agravando a morbidez com que eu teimava em defender sua felicidade, que era também a minha. Com esta carta, eu queria muito, eu queria imensamente, minha filha, ser capaz de te libertar desse peso".

Releio tudo agora e uma faca me rasga ao meio. A dor de saber que você se culpou tanto e quis tanto o meu perdão é dilacerante, principalmente porque você não está aqui agora, e eu não sei como te dizer por escrito tudo o que sinto. Eu precisava tanto de você por perto... Queria tanto poder sentir seu cheiro, te ver nos seus vestidos *chemisier* que duraram décadas, te devolver seu terço e seus substantivos, te mostrar as fotos do Egito e da casa de M. Delly. Ah mãe, eu daria tudo para poder te falar agora o que sou obrigada a escrever.

O amor que eu sinto por você é tão imenso, e a falta que você me faz é tão implacável e absoluta, que eu teria que estar com você na nossa cozinha de Redenção, a da casa que não existe mais, para dizer, olhando nos seus olhos tristes, o quanto eu entendo o que você fez. Mesmo não tendo sido mãe, eu entendo. Você diz na sua carta que Deus se ri da ingenuidade das mães que têm a pretensão de preservar seus filhos do sofrimento. Deus não ri, Ele entende. E eu, como é que eu poderia não entender que você quis para mim o que nunca teve, e que, exatamente por não ter tido, valorizava? E como não te "perdoar" por não imaginar que talvez eu não quisesse, ou não conseguisse, ter o que te faltou?

Nesta viagem que fiz, vi o quanto seu amor por mim, muito mais do que oprimir, me inspirou e me salvou. Tantas e tantas vezes. Quando eu me mudei para São Paulo sozinha, para fugir do meu pai, e você encheu minha mala de doces, estava me dizendo que eu não estava só. Quando escrevia poemas e deixava na minha cama nos meus aniversários, você estava me ensinando a encontrar conforto (sempre) nas palavras. Quando me incentivou a estudar piano mesmo não tendo um piano, você fez nascer meu amor pela música. Quando eu era criança e você conversava comigo como se eu fosse adulta, estava mostrando o respeito que tinha por mim – e me ensinando a me respeitar.

Cada vez que você encontrava tempo para cuidar de sua mãe e de seus seis filhos, mesmo trabalhando fora o dia todo, me ensinava o amor. E a cada oportunidade em que me falava de M. Delly e de Agatha Christie, estava me mostrando que às vezes era preciso fugir para outros mundos – encontrar abrigo na ficção. Quando expressava seu amor pelo pai que diziam não ser seu pai, você me ensinava a aceitar a realidade sem amargura. E, quando recortava pirâmides para arquivar em gavetas, construindo seu Egito de papel, você me apontava para a necessidade da fantasia e dos sonhos em nossas vidas, do contrário tão banais. Você enriqueceu cada minuto que eu vivi a seu lado – até quando me fez sofrer por querer desesperadamente me ver feliz.

Você não tem que me libertar, mãe. Se alguém tem que ser capaz de abrir o quarto sem janelas onde me tranquei ao longo de tanto tempo, esse alguém sou eu. E é o que venho fazendo. Estou saindo desse espaço asfixiante onde, durante anos, eu encurtei as possibilidades da vida e encolhi a mim mesma para que coubéssemos nele. O pior do confinamento é que a gente se habitua, se esquece de que há outras formas de existir. Mas o fim do meu casamento, sua ausência, as muitas sessões de terapia, o reencontro com o México, o encontro com o Egito, a visita aos irmãos Delly, e, por último, a leitura da carta que você deixou – tudo isso me fez olhar para os lados (e para dentro) e fui obrigada a inventar novas formas de sentir.

Você se lembra do vendedor de ervas da Cidade do México que citei numa carta? Lembra a frase que ele me disse a respeito dos efeitos da planta conhecida como quitapesar? "Sua tristeza, se é que ela existe, vai pesar bem menos", foram suas palavras. Tem um soneto da Florbela Espanca que diz "Sobre o meu coração pesam montanhas...". Passei uma vida sentindo o peso de montanhas sobre meu coração e só hoje sei que muito desse peso não me pertencia. Ele era seu, da minha avó Tereza, da minha bisavó Olinta, e eu me apropriei dele ainda criança. Incorporei a tristeza adulta das mulheres da família.

Até hoje, a fronteira entre a dor que é minha e aquela que eu herdei é muito tênue, quase imperceptível. Mas estou apurando o olhar para vê-la e aprendendo a respeitá-la. Nunca vou ser feliz como você queria: é preciso ter um talento especial para carregar tanta felicidade... Mas quero reduzir cada vez mais meu repertório de medos e de tristeza: deixar só o essencial, e me desfazer do resto como se fosse um cobertor molhado. Dona Angelina estava certa: os cobertores molhados pesam muito. Pesam montanhas. E o coração se ressente.

Continuo com crises eventuais de pânico e, uma vez ou outra, vem aquele estado depressivo que me acompanhou tanto no passado. Mas dura pouco – o tempo que se reserva aos hóspedes indesejados. E minha vida tem mudado em muitos aspectos. Estou aprendendo a dançar salsa: nada mais eficaz contra a depressão. Meu trabalho como freelancer está dando certo (e me proporcionando uma satisfação muito maior do que eu esperava). Tenho convivido cada vez mais com meus irmãos, mesmo que isso signifique viajar muito. Eles são o que existe de mais importante, hoje, para mim. Mais mudanças? Meu guarda-roupa anda cheio de cores impensáveis e de vestidos (mudança fútil). E meu corpo está aprendendo a confiar e a sentir (mudança essencial...).

Quanto ao amor... Na carta, você diz que quer muito que eu viva minha vida "sem mágoas e sem rancores" e que "ame de verdade". A única grande mágoa que eu carregava era em relação ao meu pai. Mas você sabe que consegui perdoá-lo muito antes que ele morresse, e às vezes visito seu túmulo em Redenção: converso com ele com a alma limpa de qualquer vestígio de mágoa ou de rancor. Portanto, seu primeiro desejo está atendido. Quanto ao "amar de verdade", você prossegue dizendo: "O amor é o que há de mais bonito, e mais fundamental, na vida. O que é preciso é saber quem, como e por que amar". Uma empreitada e tanto... Mas acho que ainda dá tempo. Quero muito "amar de verdade".

Você deve estar se perguntando: será que ela ainda está pensando no português? Escrevo isso sorrindo, mãe, porque, antes, você falaria exatamente assim: "o português", para mostrar que só o Miguel merecia a deferência de ser tratado pelo próprio nome. Pois é, "o português". Ainda não comi o pastel de nata com ele em Lisboa, mas a passagem está comprada. E ele já marcou sua vinda a São Paulo – dois meses depois da minha volta de Lisboa. O que isso significa, não sei. Como boa ex-leitora de M. Delly eu me permito sonhar com uma história de amor daquelas. Mas sei que as histórias de amor podem ter a consistência de um pastel de nata. O que não significa que é preciso desconfiar sempre que a possibilidade aparece. O tempo vai se encarregar de dizer se aquele arquiteto que me arrancou da chuva de Versalhes será o amor de verdade, um amor, uma paixão apenas ou nenhuma das opções anteriores.

O que realmente importa em tudo isso, mãe, é que a Ana que te escreve hoje é infinitamente mais leve e esperançosa do que a Ana que você criou e viu crescer, aquela que se casou sem amor, carregou culpas devidas e indevidas, e aprendeu cedo a temer o pai e a se responsabilizar pela infelicidade da mãe. Sua filha hoje vive com menos remédios e muito mais vontade de viver. E te agradece por ter esperado amorosamente, ainda que de longe, até que isso acontecesse.

Qualquer dia desses te escrevo para contar como é que estão seus filhos (às vezes me pergunto o que foi que eu fiz para merecer os irmãos que tenho. A bondade, a integridade, a inteligência. Eles te puxaram, mãe. Ou, para usar uma expressão mais elegante, eles saíram a você). Também tenho que te falar dos seus netos. E dos bisnetos, claro (o Gabriel vem aumentando seu vocabulário numa velocidade espantosa e já fala abacaxi pronunciando todas as letras. Hipopótamo também). Há muito o que dizer, muito o que contar. Mas o que eu mais quero que você saiba é que estamos bem.

Hoje, quando comecei a escrever este P.S., não sei por que me lembrei de uma cena em nossa casa de Redenção. Uma cena que acompanhou toda a minha infância e a adolescência. Lembra que toda vez que chovia forte você cobria os espelhos? As tempestades te aterrorizavam e bastava vir o primeiro relâmpago para que você fechasse todas as janelas e estendesse os lençóis sobre os espelhos do guarda-roupa, da penteadeira e do armarinho do banheiro – mais os vitrôs da sala e da cozinha. Aquela casa fechada e coberta com lençóis brancos me lembrava morte, abandono, fim, e eu rezava para que a chuva passasse logo e nos devolvesse a claridade das janelas e a superfície brilhante dos espelhos.

A sensação que eu tenho agora, mãe, é a de estar, finalmente, arrancando os lençóis que encobriam minha casa interior. Você tinha pavor das tempestades. Eu escolhi outros medos. Mas agora estou arejando os cômodos e expondo todos os espelhos. Que chova. Que o vento arranque cortinas. Que a tempestade entre em casa e me encharque, e deixe trincas nas paredes. O que eu não posso mais é viver acuada, estendendo lençóis para não enxergar minha tristeza nos espelhos. Será que o que estou vivendo é a tal da cura do espanto? Será que minha alma está de volta depois de muitos extravios? Não sei. Não avistei nenhum caminho de pétalas para guiá-la, mas sinto uma serenidade que quase desconheço.

Foi preciso sentir raiva – até de você. Foi preciso viver a tristeza, mergulhando em poços cujos fundos nunca se deixaram avistar. E foi preciso deixar que o medo se encostasse em mim, arranhando minha pele. Mas o pior passou, mãe, volto a te dizer. Aliás, o pior já vai longe... E o amor que eu sinto agora pela vida é quase igual ao amor (infinito) que eu sinto por você.

Que seu olhar me acompanhe por onde eu for. E espero que isso inclua Lisboa, na companhia do "português".

Sua filha,
Ana.

Agradecimentos

A Martha Medeiros, amiga queridíssima, por me presentear, pela segunda vez, com um prefácio.

A José Eduardo Agualusa, pelas orientações valiosas, o incentivo e o bacalhau às margens do Tejo.

A Evandro Affonso Ferreira, meu primo mais brilhante (os outros irão entender...), que não me deixou desistir.

A Flavio Cafiero: em apenas dois encontros num café da Vila Madalena, você conseguiu me dar um curso completo de escrita criativa.

A Sandra Espilotro, que um dia me convenceu a escrever livros. Não sei qual é maior: minha gratidão ou minha amizade por você.

A Angelina Hernández e Juan Ruiz, pelos rituais de cura no México, e à Secretaria de Desarrollo Rural y Equidad para las Comunidades (SEDEREC), por proporcionar o encontro com os dois.

A Rosa María Spinoso (Rossina), pela ajuda com os curandeiros e o passeio delicioso em Xochimilco.

A Bernadette Corrêa, pela amizade preciosa e pela companhia (perfeita) nas andanças pelo México.

A Cláudia Mercier, por me ajudar a desbravar, com competência e extrema gentileza, os caminhos de M. Delly.

A Société des Gens de Lettres, por disponibilizar o acervo de Jeanne Marie e Frédéric.

A Aline França Russo: a leitura de sua dissertação sobre M. Delly foi essencial.

A Maria Cristina Sato, mais irmã do que amiga: sem o silêncio de sua casa, este livro não existiria.

Ao Diego Trávez, que começou cuidando da minha agenda de palestras e acabou virando o filho que eu queria ter. Sua competência e seu carinho me salvam sempre.

Agradecimentos especiais

A Aída Veiga: nosso quinto livro juntas e cada vez gosto mais de você.

Ao Fernando, parceiro perfeito de todas as viagens. Mais uma vez você me dá a maior de todas as provas de amor, que é me aguentar enquanto escrevo. É muito bom ter você na minha vida.

Leia também:

Best-seller quando lançado pela primeira vez em 2010, *A arte de ser leve* ganha uma nova edição, revisada e ampliada. Desde o lançamento, Leila Ferreira vem sendo convidada para dar palestras em todo o Brasil. O livro inspirou campanhas e debates em escolas e empresas. Psicólogos e psicoterapeutas indicam a sua leitura para pacientes. E Leila já recebeu milhares de e-mails de homens e mulheres que se identificaram e se emocionaram com suas palavras. *A arte de ser leve* foi publicado na Espanha em 2015.

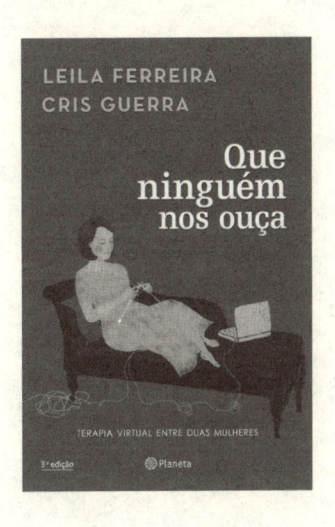

"4 meses... 63 e-mails... 42 mil palavras... 241 mil caracteres... 300 ml de lágrimas... aprendizado para uma vida e um amor que não se mede." É assim que Cris Guerra e Leila Ferreira definem a experiência de ter escrito a quatro mãos. Mas *Que ninguém nos ouça* é muito mais do que um livro, é uma terapia virtual entre essas duas mulheres. Bem humorado e emocionante, aborda os assuntos que são mais caros à alma feminina: amor, amizade, filhos, gentileza, envelhecimento, sexo, dietas e moda. Como se estivessem em um divã, as duas lembram, contam e questionam suas próprias vidas, sem temer julgamentos – dos outros e delas mesmas. "Para esvaziar a alma do que nela não cabe", resume Cris. Quem ganha é o leitor que acaba o livro tendo certeza de que a vida vale a pena ser vivida.

Este livro foi composto em PMN Caecilia
e PT Sans e impresso pela Gráfica Santa Marta para a
Editora Planeta do Brasil em outubro de 2018.